Elvira Hoffmann • Getrennt so nah

Elvira Hoffmann

Getrennt so nah

West-östliche Scherenschnitte

Roman

Motto: Fast die Wahrheit.

Ähnlichkeiten mit wirklichen Personen
wären dennoch unbeabsichtigt.

© 2016 Elvira Hoffmann
Umschlaggestaltung: Richard Stölzl

Verlag: tredition GmbH, Hamburg
ISBN Paperback: 978-3-7345-2275-8
ISBN Hardcover: 978-3-7345-2276-5
ISBN e-Book: 978-3-7345-2277-2

Bibliografische Information der Deutschen Nationalbibliothek:
Die Deutsche Nationalbibliothek verzeichnet diese Publikation
in der Deutschen Nationalbibliografie; detaillierte bibliografische
Daten sind im Internet über http://dnb.d-nb.de abrufbar.

1965

Die Austriaken sind ein bemerkenswertes Volk, sagt Dr. Steglich. Sie haben es geschafft, den Amis weiszumachen, Beethoven sei Österreicher gewesen und Hitler ein Deutscher. Das behauptet immerhin ein weltberühmter Regisseur aus der k. u. k. Monarchie, der nicht von ungefähr jetzt Amerikaner ist.

Silvia bestätigt ihren Gastgeber, wundert sich aber, woher er das weiß ohne Reisemöglichkeit und Westzeitungen. Sie sitzt in Ost-Berlin am Mittagstisch der Familie Steglich. Im Kinderzimmer ist ein ausziehbarer Küchentisch gedeckt worden. Mit Silberbesteck und Messerbänkchen, mit Porzellan aus den zwanziger Jahren und winzigen Asternsträußchen in Blau und Weiß.

Auf ein Eßzimmer hätten sie leider keinen Anspruch, entschuldigt sich der Hausherr. Und das Wohnzimmer sei mit Schreibtisch und Bücherschrank bereits überladen. Nur mit Mühe biete es noch Platz für zwei Sessel und einen Rauchtisch, auf dem man zur Not ein halbes Schock Schnapsgläser abstellen könne.

Silvia rechnet, wie viele das sind.

Soso, in felix Austria habe sie also mit Mann und Maus, Verzeihung: Sohn den Sommerurlaub verbracht?

Silvia nickt. Zwei Wochen. Weil der Junge eine Luftveränderung gebraucht habe und die Unterkunft in Österreich billiger sei als in Deutschland.

Aha, bemerkt Steglich und widmet sich der Scheibe Fleisch auf seinem Teller.

Aber Sie essen ja gar nicht! Die Hausfrau schaut besorgt auf den Gast aus dem Westen. Schmeckt es Ihnen nicht?

1965

Silvia Weller versichert, das Essen sei ganz ausgezeichnet. Besser habe ihr Sauerbraten nie zuvor geschmeckt.

Stammt vom Pferd, klärt Steglich sie auf. Ich hab da meine Beziehungen. Als Sauerbraten läßt sich Pferdefleisch doch gut essen, oder?

Seine Frau wird unruhig. Gestern habe es nur grüne Heringe gegeben. Darum das Pferdefleisch. Es mache dem Gast doch hoffentlich nichts aus?

Die Besucherin wiederholt das Lob nachdrücklich. Sie sei einfach zu aufgeregt, um noch einmal nachzufassen. Erst das frühe Aufstehen, dann am Übergang Friedrichstraße in der Katakombe stundenlang festgehalten worden. Nein, am köstlichen Gericht liege es ganz bestimmt nicht.

Was, Agnes, sagt Dr. Steglich in leicht spöttischem Ton, wir hätten gern Frau Wellers Part übernommen? Dafür wären wir ohne Murren frühmorgens zwischen vier und viertel fünf aufgestanden und hätten uns im Tränenpalast ein paar Stunden festhalten lassen. Du auch, Schwiegermutter, wie?

Die alte Dame seufzt und legt das Besteck ab, daß sie besser nachdenken kann, wie das wohl wäre.

Ihre Tochter antwortet nicht. Sie nimmt ein behäkeltes Taschentuch und tupft dem fünfjährigen Ulf braune Soße vom Kinn.

Die zwei Jahre ältere Uta hat die Besucherin lange aus den Augenwinkeln gemustert. Sie jefallen mir, bekennt sie. Aba nich wejen det Jeschenk. Und sie nimmt die ungewöhnlich lange Tafel belgischer Schokolade vom Schoß und hebt sie triumphierend in die Höhe.

Der Vater tickt mit einem zierlichen Stöckchen auf ihre Hand. Erstens für das falsche Deutsch. Man vergreift sich nicht an seiner

1965

Muttersprache. Zweitens, weil du wieder einmal bei Tisch ohne Aufforderung geredet hast.

Oje! denkt Silvia bei sich. Strenge Sitten. Und registriert, daß ein Vater trotz bedrängender äußerer Umstände versucht, seine Kinder so zu erziehen, wie er selber vermutlich erzogen worden ist: Mit dem Wissen um die Grenzen. Silvia spürt die Doppeldeutigkeit. Jedes Wort muß sie wägen. Gedankenlosigkeit kann sie sich hier nicht erlauben. Daß sie bei der Grenzkontrolle manches auf keinen Fall sagen darf, leuchtet ein. Aber nun geschieht es in privatem Kreis, daß sich Wörter selbständig machen. Vielleicht kehren sie sich auf dem Weg von ihrem Mund zum Ohr der Empfänger gar in der Bedeutung um? Sie muß auf der Hut sein. Denn sie will niemanden verletzen, zuallerletzt die Menschen, die ihr heute Gastfreundschaft gewähren.

Agnes Steglich gibt das Zeichen zum Aufbruch. Frau Weller und ich müssen los. Zu ihrem Gast gewandt, fährt sie fort: Mich interessiert, was Sie zwischen dem Aufstehen heute früh und Ihrem ersten Schritt im Osten erlebt und empfunden haben. Uns bleibt auf dem Weg ins Gemeindehaus etwas Zeit zur Unterhaltung.

Sie sei das dritte Mal in Ost-Berlin, stellt Silvia richtig. Dieser Besuch sei nur insofern eine Premiere, als sie nie vorher bei einer Familie Aufnahme gefunden habe. Sie kenne in der DDR niemanden. Im Westteil von Berlin seien ihr Mann und sie oft gewesen. Zweimal seien sie bei solchen Besuchen auch in den Osten gefahren, um ein Zeichen zu setzen. Sie gehörten zu jenen, die dem Aufruf der Initiative „Unteilbares Deutschland" folgten und an bestimmten Tagen Kerzen ins Fenster stellten, um ihre Verbundenheit mit den Landsleuten drüben zu bekunden. Den Schnitt durch das Land betrachte sie als großes Unglück. Sie fühle sich verpflichtet, dafür zu sorgen, daß nicht

1965

auch noch ein Riß durchs Volk gehe. Mit ihren geringen Möglichkeiten freilich, doch immerhin.

Immerhin, ja. Darauf kommt es an. Erzählen Sie von heute früh?

★

Oktober ist es. Ein Sonntag. Früh um sechs findet sie sich in einem der karg ausgestatteten Mehrbettzimmer eines West-Berliner Gästehauses, das der Kirche gehört. Angereist ist sie als Mitglied einer Gruppe tags zuvor mit einer BEA-Maschine aus Düsseldorf. Um sie herum stehen fünf Frauen unterschiedlichen Alters und ein Pfarrer Ende vierzig, der sie alle überragt.

Nichts sei sicher an diesem Tag, verkündet der Pastor. Darum müsse man zum frühestmöglichen Zeitpunkt am Übergang Friedrichstraße sein. Als Mannschaft, die im Osten erwartet werde, hätten sie keine Chance, hinter die Mauer zu gelangen. Jeder möge sich gleich in der S-Bahn die ihm zugewiesene private Besuchsgeschichte ins Gedächtnis rufen, um auf entsprechende Fragen der Grenzpolizisten einen plausiblen Grund für den Besuch nennen zu können.

Seid listig wie die Schlangen, fährt es Silvia durch den Kopf. Sie wüßte gern, ob den Pfarrer Schuldgefühle plagen, wenn er aus Not „falsch Zeugnis" redet. Doch dies ist nicht der Moment, ihn danach zu fragen.

Er wolle jetzt keine Morgenandacht halten. Was es zu sagen gebe, werde er später in der Predigt zum Ausdruck bringen. Für die Gelegenheit dazu sei er dankbar. Jetzt bitte er nur einen Augenblick um Stille, er wolle sich für ein kurzes Gebet der Worte eines Größeren bedienen. Mit jenem Größeren meint er Paul Gerhardt. „Gib, daß wir

1965

heute,/ Herr, durch dein Geleite/ auf unsern Wegen unverhindert gehen/ und überall in deiner Gnade stehen./ Lobet den Herren!" Besser lasse sich nicht ausdrücken, was sie bewegt, findet Silvia.

Unverhindert. An dieses Wort wird sie erinnert, als sie vier Stunden später auf der Friedrichstraße steht. Die „Grenzorgane" hatten sie absichtlich vergessen. Sie weiß nicht warum. Scharen von Menschen, auffallend viele ärmlich gekleidete Mütterchen mit der unvermeidlichen Waschpulvertrommel an der einen und dem Netz, durch dessen Maschen die Bananen und Orangen leuchten, an der andern Hand, sind an ihr vorbeigezogen. Ihre Lebensgeschichten hätten Silvia interessiert. Doch private Unterhaltung findet so gut wie nicht statt. Sie vermutet, daß die Leute wegen der unsichtbaren Abhörgeräte vorsichtig sind, vielleicht schweigen sie auch aus Furcht, eine Aufforderung zu überhören.

Wie merkwürdig es riecht! Silvia zieht prüfend die Luft ein und glaubt feuchten Manchester, Eau de Cologne und Baldrian zu erkennen. Aber keiner in ihrer Nähe trägt Cordhosen. Mit dem Beruhigungsmittel dagegen liegt sie richtig. Neben ihr in der Schlange steht eine alte Frau und träufelt Medizin auf ein Stück Zucker. Das reicht sie einem jungen Mann, der beide Hände auf die linke Brust preßt und tief durchatmet. Wie viele Menschen mögen in diesem Raum schon vor Aufregung kollabiert sein? fragt sich Silvia. Flüsternd bietet sie einigen der Umstehenden Pfefferminzbonbons an. Keiner bedient sich.

Als sie endlich aufgerufen wird, muß sie sich in eine Untersuchung fügen, die sie als planlos empfindet. Möglicherweise liegt darin das System. Sie steht in einem fensterlosen Kabuff. Eine Art Tresen, der vom Boden bis in Wadenhöhe offen ist, nimmt die gesamte Länge des Raumes ein. An den Schmalseiten des Kabäuschens befindet sich je

1965

eine Tür, deren Kunststoffblatt in einem grau gestrichenen Metallrahmen steckt. Sogar die Farbe weint, stellt sie fest, und zählt die Ölfarbentränen. Silvia, sagt sie zu sich, jetzt wirst du kitschig. Der Sachse hinter dem Schalter folgt ihrem Blick mißtrauisch. Was suchen Sie? Hier spielt die Musik!

Silvia fährt zusammen. Sogar fürs Umschauen wird man gerüffelt. Sie entschuldigt sich. Wofür auch immer.

Was sie hergeführt habe, will der Mann wissen, und verlangt, daß sie die Handtasche öffnet. Während sie antwortet, nimmt er ihren Lippenstift und dreht ihn bis zum Anschlag heraus, so daß er abbricht. Das Mißgeschick ist ihm kein Wort des Bedauerns wert. Er zieht Silvias blauen Nylonbeutel zu sich heran und greift hinein. Die als Gastgeschenk für die angebliche Cousine zweiten Grades bestimmten Kaffeebohnen kippt er auf den nach ranziger Butter riechenden Tresen und schiebt sie ungeschickt in die aufgerissene Tüte zurück. Anschließend fährt der Beamte mit der Handkante wie in Zeitlupe über die Schokoladentafeln, um dann barsch zu fordern, Silvia solle ihre Handtasche leeren, der er vorhin nur den Lippenstift entnommen hat. Der Mann wird überraschend abgelöst von einer älteren Kollegin, die ihre Kommandos ebenfalls mit Ulbrichtscher Sprachfärbung bellt. Was sie in der Deutschen Demokratischen Republik wolle, wen sie zu treffen gedenke? Die Beamtin spricht den Namen ihres Staates verstümmelt aus: Deuschn Demogroschn Repblik. Silvia spult den auswendiggelernten Text zum zweitenmal ab: Besuch einer Verwandten mütterlicherseits, Besichtigung der Stadt. Museen, Dom und Zeughaus möchte sie sehen. Die Frau klappt ein Brett am Tresen hoch und benutzt den Durchgang, um neben die Besucherin zu treten. Sie zupft ihre Uniformjacke zurecht und verlangt, daß Silvia aus den Schuhen steigt. Mit einer Taschenlampe leuchtet sie in die Pumps.

1965

Bisher hat Silvia angenommen, genügend Phantasie zu besitzen. Jetzt reicht ihre Einbildungskraft nicht aus, sich vorzustellen, was die Hüter des Sozialismus' in einem Schuh und hinter einem Lippenstift vermuten.

Das alles ließe sich besser ertragen, wenn sie zu den Vorgängen wenigstens einen Kommentar abgeben könnte. Silvia fürchtet zu platzen vor unterdrückter Wut.

Ganz unvermutet wird sie entlassen. Sie genn'n gähn, hat ihr die Grenzbeamtin erlaubt, und das läßt sich Silvia nicht zweimal sagen. Auf einem anderen Weg als bei den vorigen Malen gelangt sie ins Freie. Leider nicht in die Freiheit, denkt sie. Auf einem riesigen Transparent prangt die Parole: Sozialismus, das ist die Zukunft Deutschlands.

Der Magen knurrt. Die andern sitzen vermutlich längst in der Patengemeinde beim verspäteten Frühstück. Ein Blick auf die Uhr tröstet Silvia wenigstens insofern, als der Gottesdienst noch nicht begonnen hat. Er ist wegen des auswärtigen Predigers und der zu erwartenden Gäste auf elf Uhr verschoben worden. Man hat seine Erfahrungen und plant Eventualitäten ein.

Kein Taxi weit und breit. Silvia macht sich zu Fuß auf den Weg. Vielleicht kann sie später einen Wagen heranwinken. Nach wenigen Metern verflucht sie die Pfennigabsätze. Hoffart will Pein leiden, pflegte ihr verstorbener Großvater zu sagen. Flachbeschuht liefe es sich zweifellos bequemer, doch die ganze Wirkung wäre hin. Also vorwärts, Hoffärtige!

Der Eindruck fortschreitenden Verfalls, dazu der beißende Ge-stank, den die knatternden Autos in dreckigen Schwaden zurücklassen und der aus jedem qualmenden Schornstein dringt, nicht zuletzt die farbliche Tristesse schlagen aufs Gemüt. Sie fühlt sich allein wie seit

Kindheitstagen nicht mehr. Damals, erinnert sie sich, hat sie an einem heißen Sommernachmittag, kurz nach Kriegsende ist das gewesen, auf einer langen Straße gestanden. Alle gehfähigen Erwachsenen erweisen einer bekannten Persönlichkeit die letzte Ehre. Sie selbst ist zu jung, um zur Trauerfeier mitgenommen zu werden. Lange steht sie da, auf einer holprigen Straße mit Schlaglöchern, ähnlich der, auf der sie gerade jetzt geht, und fühlt sich ausgeschlossen. Das Leben und der Tod spielen sich dort ab, wo sie nicht ist. An jenem Sommernachmittag ist sie überzeugt, daß sich an ihrem Ausgesperrtsein nie mehr etwas ändern werde.

Daß Sie zu uns kommen würden, sagt Agnes Steglich, weiß ich seit zwei Wochen. Sie sind uns nicht zugeteilt worden. Ich habe Sie mir ausgesucht.

Das möchte Silvia genauer wissen.

Wegen Ihres Berufes.

Silvia begreift nicht. Sie habe sich als Angestellte eingetragen.

Offiziell. Ihr und unser Pfarrer haben einen Kode entwickelt. Sie verschlüsseln Daten über Personen und Ereignisse so geschickt, daß die berufsmäßigen Schnüffler an harmlose Hirtenbriefe glauben. Bisher jedenfalls mal noch. Und so wußte ich zum Beispiel, daß unter Ihnen eine Fotografin ist. Die habe ich mir ausgesucht. Sie müssen gut beobachten können und sehen die Dinge, wie sie wirklich sind.

Sieht nicht jeder nur, was er sehen will? Dinge kann man schönen.

Das weiß ich. Aber ich gehe davon aus, daß eine Fotografin an der Wirklichkeit interessiert ist. Und ich bin überzeugt, daß Sie geübt sind im Umgang mit Menschen. Ich habe mir gedacht, Sie würden nicht gleich in Ohnmacht fallen, wenn Sie erführen, daß ich vier Jahre im Zuchthaus gesessen habe. Als politische Gefangene.

Vier Jahre, wiederholt Silvia, um Zeit zu gewinnen. Allein die Vorstellung, vier Jahre von der Familie getrennt zu werden, läßt sie schaudern. Der kleine Ulf muß noch ein Baby gewesen sein, als man seine Mutter abholte. Silvia schluckt. Seit wann sind Sie ...?

Frei, wollten Sie sagen. Sie zögern mit Recht. Denn wer wollte behaupten, hier sei jemand frei? Ich bin im März aus dem Zuchthaus entlassen worden. Wofür ich gesessen habe, will ich Ihnen auch gleich verraten: Mir ist eine kritische Bemerkung über die allgemeine Versorgungslage zum Verhängnis geworden. Ich hatte vor einem Schaufenster laut nachgedacht.

Silvia bleibt stehen und ergreift die Hand der Frau. Was immer sie jetzt sagen wird, kann nur ein untauglicher Versuch sein, Mitgefühl zu bekunden. Angemessen, das spürt sie, kann sie auf das Gehörte mit Worten allein nicht reagieren. Sie sollen nicht bereuen, mich ausgesucht zu haben, sagt sie und meint das in erster Linie in bezug auf finanzielle Unterstützung. Eigentlich hat sie hinzufügen wollen, sie sei allerdings nicht gerade auf Rosen gebettet. Aber dann schämt sie sich. Ihr geht es wirtschaftlich eher mäßig, das ist wahr. Wegen des Kindes arbeitet sie nur vormittags. Mit anderthalb Gehältern kann eine junge Familie keine großen Sprünge machen. Doch im Vergleich zu der Frau neben ihr ist sie reich. Sie lebt in einem freien Land, darf frei reden, frei reisen, frei über sich bestimmen. Wenn sie Gäste erwartet und ihnen Sauerbraten servieren möchte, hindert kein Versorgungsengpaß sie daran, Rindfleisch zu kaufen. Sie muß weder Pferdefleisch organisieren noch auf grüne Heringe ausweichen.

Ich erwarte im nächsten Frühjahr unser drittes Kind. Nehmen Sie mir bitte nicht übel, daß ich Sie ganz direkt darauf anspreche: Wenn

1965

Sie von Ihrem Sohn abgelegte Kleidungsstücke oder Spielzeug haben, geben Sie die mir. Ich kann versuchen, sie gegen Babysachen einzutauschen. Es wäre mir eine große Hilfe.

Silvia geniert sich. Abgelegte Sachen mag sie nicht schicken.

Sie müssen nur bitte eine Desinfektionsbescheinigung beifügen. Die Parteigenossen unterstellen dem Klassenfeind, daß er via Wollpullover Pest und Cholera einschmuggelt. Ich habe gehört, daß es bei Ihnen die Möglichkeit gibt, *ein* Kleidungsstück desinfizieren zu lassen und dafür eine Blankobescheinigung zu erhalten, auf der Sie bis zu zehn Posten aufführen können. Man ist ja so menschlich bei Ihnen.

Silvia weiß von Behördengängen, bei denen ihr alles andere als Menschlichkeit begegnet ist. Aber sie widerspricht nicht.

Auch wenn Sie mal von sich oder Ihrem Mann Bekleidung ausrangieren, sind wir dankbare Abnehmer. Sie ahnen nicht, wie schwierig es ist, den Mangel zu verwalten. Als ich aus dem Zuchthaus kam, habe ich gedacht, ich sei im Schlaraffenland. Wenn Sie sich vier Jahre lang mit zwei anderen Frauen eine Pritsche geteilt haben und kein anständiges Essen bekamen, sondern laffen, lieblosen Fraß und nicht mal Weihnachten etwas Süßes, dann muß Ihnen eine Wohnung, in der Sie einen ganzen Brotlaib, gefüllte Einweckgläser und sogar Tischwäsche vorfinden, als Dorado erscheinen. Erst allmählich merken Sie, daß es an beinahe allem fehlt: An Babykost in Gläschen, die es bei Ihnen in so großer Auswahl gibt, an frischem Obst und Saft für die Kinder, an Kerzen und guter Seife, an richtigem Waschpulver und Papiererzeugnissen. – Schade, wir sind schon da. Ich hätte Sie gern noch ein wenig für mich allein gehabt.

Wir setzen unser Gespräch irgendwann fort, verspricht Silvia.

Wer weiß, ob wir uns jemals wiedersehn, meint Agnes versonnen. Sie versucht ein Lächeln. Ich fürchte, ich bin für die Partei der

1965

Optimisten ein für allemal verloren. Man muß kein Defätist sein, um die Zukunft grau in grau zu malen. Mit einem Federstrich können sie die Grenze auch von der andern Seite wieder undurchlässig machen. Dann ist die Trostlosigkeit perfekt. Ach, manchmal denke ich, es wäre besser gewesen, mein Mann hätte sich nach meiner Verhaftung mit den Kindern in den Westen abgesetzt. Das war kurz vor dem Mauerbau. Gelegenheit zur Flucht hätte er gehabt. Er arbeitete damals schon in der Veterinärmedizinischen Klinik. Als Tierarzt wurde er Anfang der sechziger Jahre ab und zu auf Höfen in Grenznähe eingesetzt. Sicher: Für mich wäre der Verlust meiner Familie schmerzlich gewesen. Aber der Gedanke, daß es den Kindern gutgeht, hätte mich getröstet. Beide sind begabt. Was würden sie drüben für eine Ausbildung erhalten! Und sie wären nicht jeden Tag stundenlanger Beeinflussung ausgesetzt. Indoktrination statt Bildung! Was dabei herauskommt, kann ich mir denken. Stellen Sie sich vor, die Uta ist von ihrer Lehrerin aufgefordert worden zu berichten, was mein Mann und ich untereinander reden. – Ach je, wir stehen hier und plaudern, und der Küster möchte die Tür absperren.

✱

Als letzte treffen sie im Gemeindesaal ein. Fünf Minuten zu spät. Das ist Silvia peinlich. Sie hat stets vermieden, unpünktlich zu sein. Leute, die es scheinbar genießen, unangenehm aufzufallen, sind ihr immer verhaßt gewesen. Ihr wird beim Anblick der Säumigen heiß. Es ist, als müsse *sie* sich schämen, wenn notorisch Zuspätkommende halbe Sitzreihen für sich aufstehen lassen.

Sie bleibt an der Saaltür stehen. Wir entschuldigen uns für die Verspätung, sagt sie, und fänden es nur gerecht, wenn Sie uns zur Strafe an den Katzentisch setzen würden.

Der Berliner Pfarrer erhebt sich schmunzelnd. Wir sind zwar in Preußen. Aber doch nicht beim Kommiß. Zudem befinden Sie sich noch im akademischen Viertel. Also nehmen Sie an unserer langen Tafel Platz. Wir rücken noch ein wenig zusammen und freuen uns, daß Sie beide in unserer Mitte sind.

Es duftet nach frischgebrühtem Kaffee.

Das riecht ja wie beim Konditor! schwärmt Silvia. Ich freue mich richtig auf eine Tasse Kaffee.

Frau Steglich nickt. Schnuppern genügt. Das ist nicht unser Rondo mit den karamelisierten Bohnen, sondern echter Bohnenkaffee Marke West. Hmmm. Sie muß gleich noch einmal tief einatmen, diesmal mit geschlossenen Augen. Das Wort „Bohnenkaffee" hat sie ausge-sprochen, als hätte es am Ende nur ein „e".

Auf dem Tisch stehen helle Türme mit Apfelkuchen vom Blech und gestreifte mit „Kalter Hundeschnauze". Die Zutaten stammen aus dem Westen und sind in mehr als dreißig Paketen an verschiedene Mitglieder der Ostberliner Patengemeinde geschickt worden. Im August wurden die Sendungen auf den Weg gebracht. Vor einer Woche sind die letzten zwei Pakete bei ihren Empfängern eingetroffen. Immerhin pünktlich zum Backtermin, wie die Frau des Küsters gutmütig anmerkt.

Die Herzlichkeit, mit der sie aufgenommen wird, rührt Silvia. Ihr und den andern aus der Besuchergruppe schlägt eine Dankbarkeit entgegen, die sie beschämt. Was haben sie denn schon vollbracht? Sie sind, auf eigene Kosten zwar, aber ganz bequem per Flugzeug angereist, ein bißchen früher als sonst aufgestanden, haben die

1965

Aufregung an der Grenze ohne sichtbaren Schaden überstanden und sich zum Mittagessen in eine fremde Familie einladen lassen. Ob die Menschen in ihnen vielleicht Multiplikatoren sehen, die dafür sorgen sollen, daß noch mehr Westpakete rollen? Silvia schaut in die Gesichter der Menschen und verwirft den Gedanken an berechnende Freundlichkeit.

Aber daß sie zur Hilfe aufgerufen ist, daran besteht für sie kein Zweifel. Silvia läßt sich die Adresse einer Familie geben, von der sie hört, daß sie durch Krankheit zusätzlich in Not geraten sei. Sie beschließt, diesen Leuten und den Steglichs von nun an regelmäßig Pakete zu schicken. Die Mittel dafür muß sie durch Einsparungen erwirtschaften. Sie weiß noch nicht wo, sie weiß nur: daß.

Die Kaffeekannen sind längst geleert, die Kuchentürme bis aufs Fundament abgebaut. Da geht das Licht aus. In dieser Lage haben sich die Besucher aus dem Westen nach Kriegsende nicht mehr befunden, es sei denn, sie selbst hätten einen Kurzschluß ausgelöst. Ängstliches Gemurmel. Jemand ruft nach dem Küster. Als das Wort „Zählerkasten" fällt, kommt trocken die Antwort des Praktikers: Wär ick von alleene nich drauf jekomm'n. Ick dachte, jemand hätte 'ne Schwarzlichtbürne einjedreht.

Keine Aufregung, gleich wird's hell, tönt die Stimme des West-Pfarrers aus dem Dunkel. Der überzeugte Nichtraucher findet im Jackett ein Feuerzeug, in dessen Lichtschein er zu den Kleiderhaken geht und eine weiße Stumpenkerze aus seiner Manteltasche fördert. Er stellt das flackernde Licht mitten auf den Tisch.

Allzeit bereit, lobt sein Berliner Amtsbruder und klopft ihm kameradschaftlich auf die Schulter.

1965

Silvia schaut amüsiert von einem zum andern. Beide sind ungewöhnlich hochgewachsen und wären unter dem Preußenkönig Friedrich Wilhelm I Gefahr gelaufen, als Lange Kerls in die Leibgarde gepreßt zu werden. Mit der Größe endet die Gemeinsamkeit freilich. Denn im Umfang unterscheiden sie sich wesentlich. Für Silvia gleicht der gastgebende Pfarrer einer Tanne, sein wohlgenährter jüngerer Kollege eher einem Gebirge.

Im Kerzenschein ist es ja noch viel gemütlicher! ruft die Frau des Küsters in kindlicher Begeisterung aus.

Selbst die Gemütlichkeit wird uns verordnet. Ich danke.

Das war Frau Steglich. Nach vier Jahren Zuchthaus wegen lauten Nachdenkens. Silvia duckt sich unwillkürlich. Sie weiß nicht, ob sie die Äußerung mutig oder leichtsinnig finden soll. Gefährlich ist sie auf jeden Fall. Woher die zerbrechlich wirkende Dame immer noch die Kraft nimmt, aufzubegehren? Sie persönlich wäre an einem Schicksal ähnlich dem der Frau Steglich nach kurzer Gefangenschaft zerbrochen. Das glaubt sie zu wissen, weil sie sich kennt. Sie hat den Impuls aufzuspringen und die Unbeugsame zu umarmen. Im Vergleich zu ihrer neuen Bekannten kommt sie sich schwach vor und feige. Heute morgen am Übergang hat sie gekuscht wie ein Hund. Und wird nachher wieder unterwürfig sein, kriechend und knechtisch wie ein geborener Lakai. Sogar die Selbstrechtfertigung für ihre Servilität hat sie parat: Sie darf keinen Konflikt riskieren. Was soll denn aus ihrem Jungen werden, wenn sie wegen Widerspenstigkeit hinter Gitter kommt?

Die Grenzbeamten, malt sie sich aus, müßten eigentlich allesamt größen-wahnsinnig werden. Tag für Tag erleben sie, daß berühmte Persönlichkeiten und Würdenträger oder „normale" Menschen, die ihnen geistig, moralisch oder körperlich überlegen sind, vor ihnen zu

Kreuze kriechen. Das kann unmöglich ohne Folgen auf ihre Psyche bleiben.

Und ausgerechnet hier im Osten führt ein Widerspruchsgeist in schmächtigem Körper den willfährigen Untertanen aus dem Westen vor, was Schneid ist. Frau Steglichs Beweggründe mögen Haß oder Mut der Verzweiflung sein, vielleicht auch der Wille, der eigenen Überzeugung treu zu bleiben. Auf jeden Fall verdienen sie Hochachtung. Silvia hat in letzter Zeit öfter darüber nachgedacht, wie sie in einer Diktatur zurechtkäme. Die Antwort auf ihre Selbstbefragung lautete stets: Sie würde das Unrecht eine Weile stumm erdulden. Doch sobald sich ein bestimmtes Maß an Zorn in ihr aufgestaut hätte, würde sie – an falschem Ort, zu falscher Zeit – Dampf ablassen. Das wäre dann das Ende.

Silvia wünscht sich helleres Licht, um an den Mienen abzulesen, wie die unvorsichtige Äußerung auf die andern gewirkt hat. Im schwachen Schein erkennt sie nur, daß die meisten mit gesenktem Kopf dasitzen. Was, so fragt sie sich bang, was, wenn auch nur ein Denunziant unter ihnen ist?

Plötzlich steht der Pfarrer aus dem Westen auf. Alle sehen ihn an. Noch bevor sie über das, was er vorhat, spekulieren können, stimmt er ein Lied an. Er singt die ersten sechs Wörter der unvorsichtigen Bemerkung auf die bekannte Bachsche Melodie „C-A-F-F-E-E". Zögernd reihen sich andere ein. Den Musikalischsten gelingt es, die Einsätze für den Kanon zu verteilen. Der Chor klingt mächtiger. Silvia sieht sich um, so gut es das Kerzenlicht zuläßt. Tatsächlich: Inzwischen bewegen alle die Lippen! Ihr ist zum Heulen vor Freude. Von einer Sekunde zur andern ist die Not gewendet. Daß jemand, der Notwendiges tut, anderer Menschen Not wendet, darüber wird sie später in Ruhe nachdenken. Fürs erste zollt sie ihrem Pastor innerlich

Respekt für die spontane Idee und seine Zivilcourage. Bisher hat sie ihn nur als Prediger geschätzt. Seit heute weiß sie, daß er eine für seinen Berufsstand erstaunliche Bodenhaftung besitzt.

Sind Sie schon lange in Ihrer Kirchengemeinde aktiv? Silvia wendet sich der Fragerin zu, einer Frau um die Siebzig mit wachen Augen und einem lieben Gesicht. Aktiv bin ich sicher nicht, entgegnet sie. Offen gestanden besuche ich nur den Sonntagsgottesdienst. Und auch das nicht regelmäßig.

Die grauhaarige Frau mit der schlichten Einschlagfrisur fragt ungläubig, wieso sie dann mitgefahren sei?

Unser Pfarrer hat unter seinen Mitarbeitern nachgefragt, ob ihnen jemand bekannt sei, der sich für eine Reise zur Ost-Berliner Patengemeinde interessiere. Einer wußte, daß ich von Zeit zu Zeit nach Berlin fahre und den Ostteil bereits besucht habe, ohne dort einen Menschen zu kennen.

Oh, da mußten Sie aber eine Menge Geld ausgeben, wo Sie bloß eine lockere Beziehung zur Kirche haben. Ich hörte vorhin, daß es nur die Übernachtung umsonst gibt. Die Kosten für den Flieger müssen Sie selber tragen, nicht? Und dann noch fünf Mark West fürs Visum und drei Mark Mindestumtausch. – Essen Sie noch ein Stück Kuchen, damit Sie wenigstens das Geld fürs Abendbrot sparen.

Silvia lacht. Sie könne nur staunen, sagt sie, wie genau man hier informiert sei. Die Steglichs hätten sie vorhin auch schon verblüfft. – Ihr liege viel an diesem Besuch. Die wertvollen Begegnungen wögen die Kosten bei weitem auf. Nein, essen könne sie nichts mehr. Aber sie finde es nett, daß sich jemand so um sie sorge.

Ihre Nachbarin lächelt und drückt Silvias Unterarm. Wie schön, daß Sie gekommen sind.

1965

Und Sie? erkundigt sich Silvia. Seit wann gehören Sie zur hiesigen Gemeinde?

Für die Antwort muß ich ein bißchen ausholen. Ich hatte fromme Eltern. Ihnen zuliebe bin ich hin und wieder in den Gottesdienst gegangen. Mein Mann und unsere Söhne sind in der Partei. Sie behaupten, daß es keinen Gott gibt. Früher haben sie immer wieder versucht, mir die Kirche auszureden. Mein Mann war vor seiner Pensionierung Berufsschullehrer. Stabü hat er unterrichtet. Was glauben Sie, wie verbittert er darüber ist, daß er ausgerechnet seine Frau nicht zum Marxismus-Leninismus bekehren konnte.

Stabü?

Staatsbürgerkunde. Ich ärgere mich über die Abkürzerei, und dann mache ich selber dabei mit. – Unser jüngster Sohn arbeitet im gleichen Beruf wie früher sein Vater. Um die sozialistische Politik zu ... verkaufen, will ich einmal sagen, da muß einer schon vom System überzeugt sein.

Das kann ich mir denken.

Bei der Armee natürlich auch, wo unser Ältester als Offizier dient. Ach, da fällt mir ein, heute kommt er aus Thüringen zurück. Er hat am Manöver „Oktobersturm" teilgenommen, das die NVA vom 16. bis zum 24. Oktober zusammen mit den Streitkräften der UdSSR, Polens und der ČSSR veranstaltet.

Ich kann Sie nur bewundern. Allein gegen die ganze Familie – ich weiß nicht, ob ich das auf Dauer schaffte.

Die alte Frau hebt zur Antwort die gefalteten Hände. Dann erzählt sie weiter. Nach dem Mauerbau habe ich mir gesagt, es wäre gut, wenn wir letzten Christen nun etwas näher zusammenrückten. In unserer Gemeinde finde ich Menschen, denen ich vertrauen kann.

1965

Silvia denkt an das allgemeine Erschrecken über Frau Steglichs Kommentar. Gilt das für alle? Ich meine: Dringt nichts nach außen, was hier gesprochen wird?

Ach, wissen Sie, es gibt Leute, die halten sich immer gerade zu dem Haufen, von dem sie sich im Augenblick am meisten Vorteile versprechen. Sobald sie nicht mehr genug zu erwarten haben, kriechen sie woanders unter. Ob die, wenn es hart auf hart käme...?

Den letzten Teil der Unterhaltung hat ihr Pfarrer mitangehört. Er beugt sich vor. Silvia bekommt endlich Gelegenheit, den sympathischen Herrn, besonders seine strohfarbenen Augenbrauen, von nahem zu betrachten. Die grannenartigen Brauen faszinieren sie. Einige „Ährenborsten" reichen bis zum Wimpernansatz. – Um die alte Dame zu unterstützen, schaltet sich der Pastor ein: Nein, Verschwiegenheit sei auch in einer christlichen Gemeinschaft nicht garantiert. Menschen könnten dermaßen unter Druck geraten, daß sie sogar an den eigenen Familienmitgliedern zum Verräter würden. Jede Diktatur deformiere den Charakter.

Ausnahmslos bei allen? möchte Silvia wissen.

Auf jeden Fall treffe das auf einen hohen Prozentsatz der Geknechteten zu. Das besondere Unglück der älteren DDR-Bevölkerung sei es, daß man erst versucht habe, sie in die extrem rechte und danach in die ganz linke Ecke zu drängen. Er mit seinen sechzig Jahren könne ein langes, trauriges Lied von verordneten Rassen- und Klassenfeinden singen, Gott sei's geklagt.

Sehen Sie? Silvia schaut lebhaft von der Frau neben sich auf den Pfarrer. Deshalb bin ich hier. Es ist ja nicht mein Verdienst, ein paar Kilometer weiter westlich geboren worden zu sein und in einer Demokratie leben zu dürfen. Der bekannte Kabarettist Werner Finck hat es auf den Punkt gebracht, als er sagte: Und so halte ich auch zu

1965

jeder Regierung, bei der ich nicht sitzen muß, wenn ich nicht zu ihr stehe. – Ich habe das Bedürfnis, meinen Dank abzustatten für dieses unverdiente Glück. Der Besuch bei Ihnen bietet mir dafür eine Gelegenheit.

Wir freuen uns über jeden Beweis der Verbundenheit.

Seit sie zu Ende gesungen haben, ist Frau Steglich in angeregtem Gespräch mit dem Pfarrer aus dem Westen. Silvia vermutet, daß sie sich bei ihm entschuldigt und ihm dankt.

Nach einer Andacht verabschiedet der Berliner Geistliche offiziell die Gäste. Er hat unter den vertrauenswürdigen Gemeindemitgliedern drei Fahrzeuge organisiert, mit denen die sieben Besucher zur Friedrichstraße befördert werden. Silvia atmet auf, daß sie nicht nochmal einen großen Teil der Wegstrecke auf Stöckelschuhen zurücklegen muß.

Denn ma rin in die Rennpappe, bittet der Trabantfahrer, dem sie zugeteilt ist. Für det Rumpeln, werte Dame, kann ick nüscht. Und die stinkende blaue Rauchwolke müssen Se drinne nich aufriechen, wa?

Silvia weiß, was der Besitz eines Autos, und sei es das älteste Plaste-Gefährt, für einen DDR-Bürger bedeutet. Die spöttische Kritik des Mannes kann gar nicht so gemeint sein. Darum lächelt sie den Fahrer nur an und verzichtet auf den naheliegenden Spruch: Besser schlecht gefahren als gut gelaufen.

Ein Platz ist noch frei. Frau Steglich fährt kurzentschlossen mit zum Tränenbunker. Sie sagt, sie könne gar nicht oft genug sehen, wie Menschen das sozialistische Paradies verließen und dabei so bedrückt wirkten, als würden sie gezwungen, es zu betreten.

Silvia schweigt. Daß die Besucher je nach innerer Verfassung lähmende Angst oder kribbelnde Nervosität empfinden, wenn sie an den Bunker und seine unberechenbaren Herrscher denken, liegt für sie auf der Hand. Doch seit Dr. Steglichs ironischem Kommentar auf ihr Argument, das Erlebnis „Katakombe" wirke sich appetitbremsend aus, weiß sie, daß solche Erklärungen als läppisch empfunden werden, wenn nicht gar als Zumutung für jeden Eingesperrten. Wer die Grenze überschreiten darf, kann nicht erwarten, daß ihn der zum Bleiben Verdammte wegen ein paar Unannehmlichkeiten bemitleidet.

Was ist ein Paß mehr, als ein Stück Papier? sinniert Frau Steglich. Aber was für eins! Wer es nicht hat, bleibt im Gefängnis. Jahrelang. Wahrscheinlich lebenslang. Leiser fährt sie fort: Aus Kerkern, die man nicht verlassen kann, träumt man sich weg. Seit ich vom engen ins etwas weitere Gefängnis gewechselt bin, träume ich manchmal etwas Unglaubliches: Eine Doppelgängerin aus dem Westen kommt, leiht mir ihren Paß, ich passiere die Grenze und lande als freier Mensch im Gelobten Land. – Schade, Frau Weller, daß wir uns überhaupt nicht ähnlich sehen.

Silvia sucht nach etwas Tröstlichem. Was sie andenkt, verwirft sie; es könnte mißverstanden werden. Schließlich sagt sie: Das sogenannte tausendjährige Reich hat letztlich zwölf Jahre gedauert.

Das ist richtig. Es bestand ja auch ein allgemeines Interesse an seinem Untergang. Ganze Nationen haben sich was davon versprochen. Aber wer, außer ein paar renitenten DDR-Bürgern, wünscht sich den Zusammenbruch des zweiten Deutschlands? Die anderen sozialistischen Staaten brauchen es dringend aus wirtschaftlichen Gründen. Adenauer hätte in den ersten Nachkriegsjahren sicher etwas erreichen können, aber ihn störten die vielen Protestanten in Mittel- und Ostdeutschland, darum verzichtete er. Die Westmächte denken nicht daran, sich für uns mit der Sowjetunion anzulegen. Was hätten sie schließlich davon? Nein, für uns gibt's keine Hoffnung.

1965

Sie sind verbittert. Ich an Ihrer Stelle wäre es auch. Aber Sie sollten sich nicht einreden, im Westen hätte man Sie abgeschrieben. Dort zerbrechen sich ernst zu nehmende Leute ständig den Kopf darüber, wie man menschliche Erleichterungen schaffen könnte. Nach dem Mauerbau bestand achtundzwanzig Monate lang für West-Berliner absolut keine Möglichkeit, in den Ostteil zu kommen. Dann gab es endlich wenigstens um die Weihnachtszeit die Passier-scheinregelung.

Als Einbahnstraße.

Besser als totale Sperre, meinen Sie nicht? In diesem Jahr konnten die West-Berliner erstmals zu Ostern und Pfingsten herkommen. Seit letztem November läßt man Rentner pro Jahr vier Wochen zu ihren Verwandten in den Westen reisen.

Als Bettler, als arme Verwandte! Fast ohne Geld schickt man sie los. Drüben sind sie auf Almosen angewiesen. Erbärmlich ist das. Sie werden doch diese beschämende Regelung für Omis und Opis nicht als Fortschritt preisen? Insgeheim hoffen unsere Behörden, die Alten blieben drüben. Dann muß ihnen der Westen die Renten zahlen, und im Osten wird Wohnraum frei. Darum geht's, nicht um eine menschenfreundliche Geste des Staatsapparates! Wir Jüngeren leiden unter der Unfreiheit. Uns liegt daran, noch etwas von der Welt zu sehen. Aber uns rennt die Zeit davon, und wir bleiben eingekerkert.

Glauben Sie mir: Das finde ich so traurig wie Sie. Trotzdem kann man doch nicht leugnen, daß sich was bewegt, eben weil uns drüben nicht egal ist, was hier mit Ihnen geschieht. Große Worte haben nichts bewirkt. Wenn man den Menschen konkret helfen will, muß man sich vorerst mit kleinen Schritten begnügen.

Frau Steglich schlägt sich auf den Mund. Es ist zum Verzweifeln: Ich kann die Worte nicht halten. Ein ärztlicher Freund von uns hat bei mir Verbale Diarrhöe diagnostiziert. Bitte verzeihen Sie. Als ob ich nicht vorhin schon genug angerichtet hätte! Vielleicht werde ich eines Tages zu meinem eigenen Schutz mit Stummheit geschlagen. Sollte das passieren, wünsche ich Ihnen, es möge wie bei Zacharias nur vorübergehend sein.

Agnes Steglich lächelt. Sie haben so eine positive Sicht der Dinge, die mir wohltut. Schade, daß Sie nicht bleiben können. – Sagen Sie, ich denke immerzu nach, wie das heißt, was Sie tragen. Es ist übrigens wunderbar. Sie berührt andächtig den gerippten Pepitastoff.

Bei diesem Modell handelt es sich um ein schwarz-weißes Komplet aus Rips. Silvia imitiert den Ton eines Modenschau-Conférenciers.

Komplet. Das Wort kannte ich nicht. – Und die elegante weiße Seidenblume auf dem Kragen gehörte dazu?

Nein. Gefällt sie Ihnen? Dann gehört sie ab sofort Ihnen.

Aber ich bitte Sie! Ein so kostbares Geschenk könnte ich nicht annehmen.

Silvia löst kurzerhand die Nadel und befestigt das Accessoire an Frau Steglichs abgeschabtem brombeerfarbenen Wollmantel. Ein kleines, modisches Zubehör mit mehr Wirkung als Wert, sagt sie. Das können Sie nun wirklich ohne Bedenken annehmen.

Agnes Steglich schaut in den Taschenspiegel und betrachtet sich lange. Wie das gleich schmückt! Danke.

Welche Konfektionsgröße haben Sie?

Wenn ich das wüßte. Ich habe seit Jahren nichts mehr für mich gekauft. Warum fragen Sie?

1965

Weil ich mir eben überlegt habe, ich könnte zwei Pullover und zwei Röcke oder zwei Kleider übereinander anziehen, wenn ich wiederkomme, und Ihnen die Hälfte hierlassen. Ich fürchte nur, Größe 38 wird Ihnen zu weit sein.

Schon möglich. Aber Engermachen ist doch kein Aufwand! Dieser Mantel stammt von meiner Mutter, die ein gutes Stück kleiner ist als ich. Na, da habe ich den Saum herausgelassen und ein altes Stoßband dagegengenäht. Was nicht paßt, wird passend gemacht. Wir sind die Erfinder aus der kalten Lamäng. Haben Sie das nicht gewußt?

Ich werde es mir merken, lacht Silvia.

Der Trabifahrer meldet sich zu Wort. Die Idee mit mehreren Kleidern übereinander, die habe seine im Westen lebende Schwägerin auch gehabt. Eine von den ganz scharfen Genossinnen am Übergang Heinrich-Heine-Straße habe ihr auf den Kopf zugesagt, sie wolle die Bestimmungen unterlaufen. Die ganze Kledage, alles, was sie am Leib getragen habe, sei aktenkundig gemacht worden. Alles, wiederholt der Mann, und fragt sicherheitshalber nach, ob Silvia verstehe, wie er das meine: alles? Die Schwägerin habe bei der Ausreise am Abend Stück für Stück nachweisen müssen. Er kenne die Geschichte von ihrem Mann. Sie selbst, die Schwägerin, sei fürs erste nicht zum Reisen zu bewegen. Keen Wunder, wa?

Agnes Steglich hebt abwehrend beide Hände. Ich möchte auf gar keinen Fall, daß Sie meinetwegen schikaniert werden.

Silvia winkt ab. Dann machen wir eben den kleinen Umweg über Desinfektion und Posttransport. Es ist jedenfalls gut, daß ich vorgewarnt bin.

Man ist doch Mensch, wehrt ihr Chauffeur bescheiden ab.

1965

Da bin ich bei manchen Leuten längst nicht mehr sicher. Agnes Steglich vergräbt die rechte Hand im linken Ärmel, die linke Hand im rechten Ärmel, hebt die Schultern und senkt den Kopf.

Silvia hat diese Geste schon einmal beobachtet. Und zwar bei einer Frau, die von ihrer Mutter jahrelang in einem fensterlosen Raum eingesperrt worden war. Die Wochenschau hat darüber berichtet.

Unvermittelt fragt Agnes Steglich, ob Silvia gleich etwa wieder die S-Bahn benutze? Das Gefährt, so praktisch und billig es sei und sogar nett mit dem roten Rechteckgesicht, den Kulleraugen, den Apfelbäckchen, dem verschlungenen Kupplungsmund und der drei-geteilten Ockerstirn – – , es stehe unter ostdeutscher Verwaltung. Es gehöre der Reichsbahn. Kein anständiger West-Berliner benutze mehr die S-Bahn, das wisse sie aus sicherer Quelle.

Machense halblang, bremst der Fahrzeuglenker, bei 't Jeld hört die Anständigkeit jewöhnlich uff. Ick jloob det mit der Ächtung nich, sei denn, ick seh ihr.

Agnes Steglich reicht Silvia die Hand. Wir sind da. Es war mir eine Freude, daß wir uns kennengelernt haben. In dreißig Jahren sehen wir uns wieder. Dann bin ich sechzig und darf rüber.

Vorher werde ich mich sicher noch ein paarmal bei Ihnen blicken lassen. Doppelt oder einfach bekleidet.

Ick rate zu „einfach". Allet Jute. Der Fahrer schüttelt Silvias Hand, als wolle er sie aus dem Gelenk lösen.

★

Vier Wochen ist Silvia wieder zu Hause, als sie einen vierzehn Tage alten Brief von Agnes Steglich erhält. Ihm liegt ein Scherenschnitt bei, den sie immer wieder zur Hand nehmen muß, so entzückt ist sie

1965

von dem Kunstwerk. Es zeigt fünf Personen im Profil, um einen Eßtisch versammelt.

Links thront mittelgroß, den Kopf im Nacken, mit tiefen Geheimratsecken, das dunkle Haar ungescheitelt zurückgekämmt, Doktor Steglich. Er hat kleine, flinke Augen, die Nase ist leicht gebogen und erinnert Silvia an ein bestimmtes Mozart-Porträt, die Mundwinkel sind herabgezogen, das volle Kinn wirkt trotzig-entschlossen.

Ihm gegenüber sitzt seine Frau. Sie ist kaum kleiner als er. Ihre schmalen Schultern und das knochige Gesicht mit den tief in den Höhlen liegenden Augen sind nach Silvias Meinung übertrieben dargestellt. Agnes Steglich ist ungewöhnlich hager. Was Wunder nach vier Jahren Haft unter schlechtesten Bedingungen? Aber so ausgemergelt wie eine unterernährte Mutter in der Sahelzone sieht sie nun wirklich nicht aus. Silvia stellt sich Frau Steglichs blaue Augen mit den schöngeschwungenen Brauen, die gerade Nase und den Mund mit den schmalen Lippen in einem fülligeren Gesicht vor. Schon verwandelt sich ihre neue Bekannte in eine anziehende Erscheinung. Wenn das so einfach wäre, einem geschwächten Körper zehn Pfund anzufuttern, denkt Silvia. Die Darstellung ihrer Kleidung scheint Frau Steglich wichtig gewesen zu sein. Auf dem Scherenschnitt trägt sie eine Bluse mit üppigen Rüschen an Kragen, Manschetten und Knopfleiste, dazu eine lange Perlenkette. Sogar das breite Band ist zu erkennen, das Frau Steglichs kinnlanges blondes Haar zurückhält.

An der vorderen Längsseite des Tisches sitzen, den Blick auf ihren Vater gerichtet, die blonde, stupsnäsige Uta, lachend und pausbäckig, mit dicken Zöpfen, und der zartgebaute fünfjährige Ulf, ebenfalls lachend, mit dunklem Pagenkopf. Bei der Haarfarbe, wundert sich Silvia, hat das Mädchen die Mutter, der Junge den Vater beerbt.

1965

Den Kindern gegenüber, die links von ihr sitzende Tochter ernst betrachtend, hat die Großmutter Platz genommen. Sie bietet einen ehrwürdigen Anblick mit dem gewellten, im Nacken zu einem Knoten geformten Haar und dem weißen Spitzenkragen, den die alte Dame auch bei Silvias Besuch über einem dunklen Blümchenkleid trug. Jede Person hält eine Tasse in der Hand. Mitten auf dem Tisch steht eine dickbauchige Teekanne mit Tropfenfänger. Aus dem Schnäuzchen kräuselt eine zierliche Dampfspirale.

Silvia bedauert, daß sie nicht zum Telefon greifen, ihre Begeisterung kundtun und sich spontan bedanken kann. Alle Gespräche müssen angemeldet werden. Sie laufen in einem riesigen Umweg über die Schweiz. Es dauert stundenlang, zuweilen mehr als einen Tag, bis ein Gespräch vermittelt wird. Die Zeit, darauf zu warten, hat Silvia nicht.

Montags bis freitags bringt sie den vierjährigen Robert kurz nach sieben in den Kindergarten und arbeitet dann bis zwölf in einem Fotoatelier. Sie hat sich einen Namen gemacht mit kunstvoll ausgeleuchteten Porträtaufnahmen, die sie so meisterhaft retuschiert, daß auch ein häßlicher Mensch sich darauf schön finden kann. Auf den von ihr gefertigten Paßfotos sähen sie endlich einmal nicht aus, als würden sie steckbrieflich gesucht, sagen die Leute. Über lobende Bemerkungen freut sich Silvia besonders, wenn die Ladeninhaberin mithört. Denn die Dame verbreitet sich ärgerlich oft über die hohen Personalkosten. Zu Silvias Aufgaben gehört es, frischgetraute Paare zu fotografieren – im Atelier, vor dem Standesamt oder vor der Kirche. Wenn ihre Chefin verhindert ist, hilft sie dem Lehrmädchen im Laden. Noch bevor das Geschäft öffnet, entwickelt sie die Filme der Kundschaft. Danach hat sie nicht mehr genug Ruhe dazu. Gelegentlich springt sie für den Bruder der Ladeninhaberin ein, der Pressefotograf ist. Finden solche Einsätze während ihrer Arbeitszeit statt, teilt sie das Bildhonorar mit ihrer Chefin.

Bei der Arbeit in der Dunkelkammer träumt sie manchmal von Selbständigkeit, von einem eigenen Atelier mit Ausgang in einen Park oder Garten. Das Spiel der Sonne in den Bäumen möchte sie als Lichteffekt für die Porträtfotografie nutzen. Die Schönheit des Augenblicks einfangen, mit den technischen Möglichkeiten des Ateliers, aber unter freiem Himmel. Doch das sind Wolkenschiebereien. Sie ist Realistin genug, um zu wissen, daß sie das Geld für das, was ihr vorschwebt, in absehbarer Zeit nicht haben wird.

Kurz nach zwölf holt sie ihren Sohn vom Kindergarten ab und bereitet das Mittagessen. Um eins muß es fertig sein, dann kommt ihr Mann zu Tisch. Der Nachmittag ist der Hausarbeit gewidmet, dem Einkauf und der Beschäftigung mit dem Jungen.

Nicht nur den Scherenschnitt, auch den Brief von Agnes Steglich hat sie viele Male zur Hand genommen. Die Schrift ist nicht schön, sondern flüchtig und schlecht leserlich. Für Silvia will sie einfach nicht zum Scherenschnitt passen, wo schon die Darstellung eines Löckchens auf Utas Stirn oder die von Ulfs kleinem Finger allergrößte Sorgfalt und Genauigkeit verlangt.

Berlin, 7. November 1965

Liebe Frau Weller! Besser sollte ich beginnen: Meine liebe Silvia! Und so beginne ich auch. Denn wenn man verwandt ist, duzt man sich gewöhnlich. Schließlich waren unsere Großmütter doch Schwestern, nicht wahr? Also, meine Liebe, Dein Besuch liegt zwei Wochen zurück. Der köstliche Kaffee ist getrunken (wir mußten wichtige Gäste bewirten), die

1965

Schokolade restlos aufgegessen (unsere Kinder liegen mal wieder mit Mandelentzündung im Bett, da ist man beim Zuteilen der Ration leicht etwas großzügiger), aber die Erinnerung an Dich ist noch hundertprozentig vorhanden. Wenn Du an mich denkst, wünsche ich Dir dort Gedächtnislücken, wo ich unerträglich war.

Meine Mutter ist inzwischen nach Naumburg in ihre Wohnung zurückgekehrt. Wenn sie zu lange wegbleibt, könnte der Verdacht entstehen, sie benötige die anderthalb Zimmer nicht mehr. (Der nächste Satz ist geschwärzt.) Mutter hat versprochen, daß sie wiederkommt, wenn ich sie brauche. Dann dürfte sie eigentlich gar nicht weggehen.

Aus meiner Biographie ergibt sich, daß ich besser immer gleich zur Sache komme. Es könnte sonst leicht sein, ich käme nicht mehr dazu. Weißt Du, ich würde gern mit den Kindern Plätzchen backen. Vier Jahre lang habe ich mir das vorgenommen. Draußen rieselt der Schnee, und drinnen stehen wir drei, Geschirrtücher als Bäckermützen auf dem Kopf, singen Adventslieder, rühren Plätzchenteig und stechen Sterne aus. Wenn es Dir möglich ist, meine liebe Silvia, dann schicke uns doch eine Stange Vanille oder, falls die echte unerschwinglich ist, Vanillinzucker, etwas Zimt und Kardamom, Sternanis, gemahlene Nüsse, gehackte Mandeln und Puderzucker. Auch über körnige Haferflocken, aus denen ich für meine Spezialität (versunkener Apfelkuchen, hoffentlich wirst Du ihn recht bald einmal kosten) selbsterfundenen Ersatzkrokant bereiten könnte, wäre ich überglücklich. Du hast mir erlaubt, mich bei Bedarf zu melden. Hältst Du mich für gar zu unverschämt,wenn ich auch noch um Kerzen bitte für Kranz oder Leuchter oder Baum? Denke nur, Mutter hatte letzten Dezember überhaupt keine! Ach, und mein Mann Gert saß zu Weihnachten mit den Kindern vor einem Baum mit vier Kerzen. Das alles natürlich nur, weil er sich nicht beizeiten gekümmert hat. Er war beruflich sehr beschäftigt und hatte bekanntlich große Sorgen.

1965

Bitte grüße Deinen Mann, küsse Euren süßen Robert (ich war von
seinem Foto so hingerissen, daß ich Dir die Aufnahme am liebsten abge-
schwatzt hätte), und sei umarmt von Deiner dankbaren Agnes, die hofft,
Dir mit dem selbstgemachten Scherenschnitt eine Freude zu bereiten.

Silvia legt den Brief beiseite. Das Paket an Agnes Steglich ist längst
auf dem Weg nach Berlin. Zwei Tage nach ihrer Rückkehr hat sie es
abgeschickt, zusammen mit dem Päckchen an die bedürftige Familie,
der zu helfen sie sich in Ost-Berlin ebenfalls vorgenommen hatte.
Bedauerlicherweise ist nichts von Agnes Steglichs Liste dabei.

Sie rechnet hin und her. Woher soll sie das Geld für eine weitere
Sendung nehmen? An jedem Monatsletzten, wenn Reinhard und sie
das Gehalt bar ausgezahlt bekommen, bestückt sie Briefumschläge,
die Aufschriften tragen wie „Miete", „Strom und Wasser", „Haushalt",
„Kleidung", „Auto", „Urlaub" und „Sonstiges". Zu Sonstigem rechnen
Geschenke, unvorhergesehene Reparaturen, Kino-, Café- und Thea-
terbesuche. Die Briefumschläge mit den festen Kosten sind tabu für
jede Art der Zweckentfremdung oder Anleihe. Es wäre ihr ein unerträglicher Gedanke, die Miete nicht pünktlich zahlen zu können, oder
Säumniszuschlag entrichten zu müssen, weil sie etwa die Stadtwer-
kerechnung nicht beglichen hätte.

Ihr Mann lehrt an einer privaten Sprachenschule Englisch, Französisch, Italienisch und Spanisch und arbeitet nach Unterrichtsschluß
für das der Schule angegliederte Übersetzungsbüro. Sein Gehalt muß
für die Kosten der Wohnung und des Haushalts reichen. Von Silvias
Halbtagslohn bestreiten sie alles andere.

Reinhard kümmert sich nicht um die Finanzen. Ich gebe dir das Geld, hat er zu Beginn ihrer Ehe gesagt. Wie du es einteilst, das ist deine Sache. Nach bestem Vermögen, hat sie entgegnet, nur wollte ich, es wäre höher, das Vermögen.

Sie entnimmt den Depots „Haushalt" und „Urlaub" je zwanzig Mark. Der Umschlag „Sonstiges" böte sich an. Doch er ist heute, am 23., bereits leer. Grund sind zwei Malheure. Erst war der Abfluß in der Küche verstopft, und der Klempner berechnete zwei Arbeitsstunden und eine kräftige Schmutzzulage für die Reinigung des verschmierten Kurbeldrahtes. Weil ein Unglück selten allein kommt, trat Robert tags darauf im neuen Selbstbedienungsladen in einen Fünf-Pfund-Eimer Fleischsalat. Bei dem Versuch, eine Milchtüte aus dem Kühlfach zu nehmen, benutzte er die davor gestapelten Eimer als Tritt; der Deckel unter seinem Schuh versank in der Mayonnaise. Die Verkäuferin zeterte fürchterlich und zwang die verschreckte Mutter, die beschädigte Ware zu kaufen. Eine Woche ernährten sich Reinhard und sie von Fleischsalat.

Während das zweite Paket auf die ungewisse Reise geht, kommt das erste eines Mittags zurück. Silvia fällt aus allen Wolken. Sie hat den Inhalt nach Süßem, Salzigem, Würzigem und Nichteßbarem getrennt und entsprechend beschriftet. Diese handschriftlichen Notizen werden ebenso beanstandet wie das zum Auspolstern dienende bedruckte Papier. Dabei handelt es sich nur um vier Seiten aus einem Reisekatalog. Doch Silvia wird belehrt, außer dem Absender- und Empfängernamen und der für die Kontrollorgane bestimmten Inhaltsangabe nebst obligatorischer Erklärung „Geschenksendung, keine Handelsware" dürfe das Paket weder handschriftlichen Text noch Werbematerial enthalten. Sie hat die Vorschriften zwar gelesen, den Begriff „Text" aber auf Briefe bezogen.

Und nun? fragt sie ihren Mann. Was, wenn das Päckchen an die andere Familie auch noch zurückkommt? Sind das da drüben nicht Haarspalter und Mückenseiher? Ich wollte durch die getrennte Verpackung doch nur sicherstellen, daß die Schokolade nicht nach Brühwürfeln und die Zimtsterne nach Kindershampoo riechen. Was soll ich machen, Reinhard? Ohne Beschriftung neu verpacken und wieder losschicken?

Das überlasse ich dir, Engel der Armen. Nur wäre ich dir dankbar, wenn du dich in Zukunft strikt an die Vorschriften hieltest, um uns doppelte Portokosten zu ersparen. Gaben der Barmherzigkeit gehen bei uns von der Substanz ab, sie stammen nicht aus dem Überfluß.

Wie wahr. Ich werde das Porto rauswirtschaften. Versprochen.

Verrätst du mir, wo?

Laß mir meine kleinen Geheimnisse. – Die arme Frau Steglich wird meinen Brief ungeduldig hin und her drehen, in dem ich den Inhalt des ersten Paketes aufzähle. Wie wird sie in ihrem Zustand den Fenchelhonig herbeiwünschen und die Instantgetränke und den Traubenzucker! Wenn sie wüßte, daß das ganze Zeug im Kreis gefahren ist und vielleicht vor Weihnachten gar nicht mehr ankommt ...

Der dicke Onkel beult meinen Pantoffel aus. Robert zeigt anklagend auf den großen Zeh.

Da hast du's. Dein Kind braucht dringend Schlappen, und du versorgst fremder Leute Nachwuchs.

Ich weiß zum Glück, daß du nicht meinst, was du sagst. Und du, Robert, mein Schatz, läßt den dicken Onkel beulen, wenn er mag.

Rabenmutter! Reinhard drückt Frau und Kind einen Kuß auf die Wange und klingelt zum Abschied mit den Autoschlüsseln wie mit einem Glöckchen. Nachmittags, wenn Silvia nicht zum Kindergarten fahren muß, benutzt er den Familienwagen, einen VW-Käfer. Es kann spät werden, meldet er vom Flur aus. Müller hat mir vorhin einen brandeiligen technischen Text aufs Auge gedrückt. Spanische Betriebsanleitungen sind nicht gerade meine Spezialität.

Die deines Brötchengebers wohl auch nicht, sonst hätte er sie dir kaum angedreht.

Eine scharfsinnige Frau ist besser als eine scharfzüngige, grinst er und verschwindet. Flachen Tiefsinn und dummdreiste Sprüche nennt er Wortspielereien dieser Art. Er produziert sie seit der Schulzeit. Am Gymnasium gab es das Kabarett „Die Steißtrommler". Lehrer, Primaner und Sekundaner standen dort zweimal im Jahr gemeinsam auf der Bühne, und Reinhard Weller – Deutsch, Englisch und Latein: sehr gut – lieferte den größten Teil der Manuskripte. Silvia war zwei Klassen tiefer und bewunderte den Sprachjongleur unendlich. Bei allen Proben saß sie im Parkett. Sie glaubte fest daran, er werde eine große Karriere machen. Sie sah ihren Freund mindestens als Texter für die Lach- und Schießgesellschaft und als ersten Kabarettisten, der geistig anspruchsvollen Humor europaweit in mehreren Sprachen verbreitete. Sein gutes Aussehen – das männlich-herbe Gesicht bekam durch ein charmantes Kinngrübchen und leicht gewelltes dunkelblondes Haar einen weichen Zug – würde seinen Aufstieg begünstigen. Als sie ihm von ihren Visionen berichtete, nannte er sie ruhmsüchtig. Er sei ein ernster Mensch, behauptete er, und denke nicht daran, sich durchs Leben zu kichern. Und als Freiberufler ständig vom Hungertod bedroht zu sein, halte er auch nicht für sonderlich erstrebenswert.

Reinhard machte ein gutes Abitur und studierte Sprachen. Silvia ließ sich zur Fotografin ausbilden. Nach seinem Examen bot ihm die Sprachenschule Müller eine Anstellung, und die beiden heirateten.

1965

Nicht alle Blütenträume sind gereift. Jung und naiv wie sie waren, haben sie sich die Ehe als Insel der Seligen vorgestellt. Sie dachten, sie könnten in ewiger Harmonie leben, im Urlaub Weltreisen machen, an den wichtigsten kulturellen Ereignissen zwischen Hamburg und München teilnehmen, abends geistreiche Gäste empfangen, perfekt eingerichtet und finanziell unabhängig sein.

Die Wirklichkeit sieht anders aus. Sie geraten in Streit, weil er leicht erregbar ist. Wegen der geringsten Kleinigkeit geht er in die Luft. Früher hat sie ihm seine Unbeherrschtheit nachgesehen und sie dem sprühenden Temperament zugeschrieben. Heute empfindet sie sein aufbrausendes Wesen als Zumutung. Ihrer Meinung nach verflucht er allzuoft die Zwänge, denen er sich unterworfen glaubt. Als ob er nur allein Höchstleistungen erbrächte! Ihre Weltreisen gehen an die Nordseeküste und nach Österreich, und weder in Hamburg noch in München haben sie bisher Kultur getankt. Zu Spannungen zwischen ihnen führen auch die körperlichen Beschwerden, vor allem Kopf- und Rückenschmerzen, unter denen sie leidet, so daß sie abends meist zu keiner Unternehmung zu bewegen ist. An Gästebewirtung ist an solchen Tagen nicht zu denken.

Doch die gemeinsame Verantwortung für das Kind bringt sie letztlich immer wieder dazu, sich zu arrangieren. Ihr durchorganisierter Alltag läßt sich nur mit äußerster Disziplin bewältigen. Die Gestaltung ihrer Freizeit ist jedesmal eine Suche – Lupenkiekerei, sagt Reinhard – nach dem kleinsten gemeinsamen Nenner. Denn sie teilt nicht seine Begeisterung für Sport und Sternenkunde, er nicht ihre Liebe zur Malerei, die sie „ausgeprägt" und er „übertrieben" nennt. Trotzdem würde keiner der Partner behaupten, ihre Ehe sei unglücklich. Sie sind ernüchtert. Aus dem siebten Himmel auf die Erde zurückgekehrt. Das ist alles.

1970

Es ist Advent. Zwei Tage sind vergangen, seit Walter Ulbricht in einer Kommissionssitzung zur Vorbereitung des 25. Jahrestages der SED erklärt hat, die einheitliche bürgerliche deutsche Nation bestehe nicht mehr fort. In der DDR habe sich ein sozialistischer deutscher Nationalstaat entwickelt, in dem sich der Prozeß der Heranbildung einer sozialistischen Nation vollziehe. Die Bundesrepublik dagegen sei ein imperialistischer Staat.

Dabei hatten sich die Ehepaare Steglich und Weller, einander längst in Freundschaft verbunden, von dem zu Ende gehenden Jahr Entspannung in den offiziellen Beziehungen zwischen Ost und West versprochen. Schließlich waren nach langer Vorbereitung zwei Treffen auf hoher Ebene zustande gekommen zwischen Bundeskanzler Brandt und dem Ministerratsvorsitzenden Stoph, im März in Erfurt und im Mai in Kassel. Willy und Willi müßten etwas Positives vereinbaren, hatte Reinhard auf einem Spaziergang mit dem Ehepaar Steglich spekuliert, denn eine mit soviel Tamtam inszenierte Zusammenkunft könne nicht ausgehen wie das Hornberger Schießen oder wie die unendliche Geschichte der Gespräche zwischen Senatsrat Korber und dem DDR-Staatssekretär Wendt. Dr. Steglich hatte sich nicht ganz so zuversichtlich gezeigt und entgegnet, er warte eigentlich nur darauf, daß es in einer amtlichen Verlautbarung einmal heiße, die Unterredung habe in *ge*spannter Atmosphäre stattgefunden. Denn die in angeblich *ent*spannter Atmosphäre verlaufenen Verhandlungen hätten keine Fortschritte gebracht. Ihm mache vor allem die Tatsache zu schaffen, daß die West-Berliner nun schon wieder seit Pfingsten 1966 nicht mehr in den Ostteil der Stadt reisen könnten, genau wie damals nach dem Mauerbau fast zweieinhalb Jahre lang. In Dahlem lebe sein ehemaliger Chef in glänzenden Verhältnissen. Der habe von sich aus angeboten, einen Waschautomaten und eine Geschirrspülmaschine zu besorgen und sie Agnes persönlich anzuliefern. Viereinhalb Jahre warte sie mittlerweile darauf.

Reinhards Einschätzung hat sich als falsch erwiesen. Was immer vereinbart worden ist, es wirkt sich nicht positiv aus. Und nur daran messen die betroffenen – den doppeldeutigen Ausdruck benutzt Reinhard mit Vorliebe – Staatsbürger alle offiziellen Verlautbarungen. Von den vielbeschworenen menschlichen Erleichterungen ist rein gar nichts zu spüren, und die Grenze bleibt für West-Berliner nach wie vor versperrt. Allen gegenteiligen Erwartungen zum Trotz betreibt die östliche Seite das Auseinanderdriften mit Fleiß. Seit Juli werden Exportwaren aus der DDR nicht mehr mit dem gesamtdeutschen „Made in Germany" gekennzeichnet, sondern mit „Made in GDR".

Silvia befindet sich an diesem Samstag, dem 19. Dezember, auf dem Weg nach Berlin, um einen neuen Erdenbürger zu begrüßen. Denn während der Staatsratsvorsitzende der deutschen Nation die Einheit abspricht, ist Agnes von ihrem fünften Kind entbunden worden. Die Wellers haben es am Donnerstag abend telefonisch erfahren. Ein Mann aus Braunschweig, der Dr. Steglichs Kollegin mit einem Tagesvisum besucht hat, wird zum Überbringer der guten Nachricht.

Silvia wäre am liebsten gleich losgefahren. Sie hat in letzter Zeit vitaminreiche Fruchtsäfte, alten Bordeaux und Wabenhonig beiseite gestellt, die würde sie Agnes gern bringen, damit sie wieder zu Kräften kommt. Mit der Post kann sie Zerbrechliches nicht schicken. Trotz aufwendiger Umhüllung sind bisher sämtliche in Kunststoff oder Glas verpackten Flüssigkeiten in ihren Paketen ausgelaufen.

Du mußt dir das so vorstellen, sagt Gert: Bei unserm Zoll sitzt Diabolus leibhaftig und bohrt mit der Spitze seiner Hörner Löcher in alles, was Glas, Plaste und Elaste heißt. Jedes Paket nimmt er sich vor, darin ist er teuflisch gründlich. Zum Schluß schlampt er das beim Filzen beschädigte Packpapier wieder um den Karton und windet eine billige Schnur, die er immer auf die gleiche lieblose Art knotet, ums Ganze. Wir sollten uns nicht länger über Lädiertes wundern, sondern darüber, daß bei so einer Behandlung überhaupt noch etwas heile ankommt.

✱

Zufällig erfährt Silvia Freitag im Geschäft von einer kostenlosen Mitfahrgelegenheit am nächsten Morgen zum Flughafen Hannover-Langenhagen und von dort in derselben Nacht zurück nach Hause. In einem Tag hin und her, das wäre eine Gewalttour. Lichte Geistesgestörtheit, hört sie Reinhard sagen. Sie spürt die Kopfschmerzen jetzt schon, die den Strapazen unweigerlich folgen werden. Krämpfe von der Stirn bis in den Nacken, Gefühllosigkeit in Armen und Händen, Übelkeit bis zum Erbrechen. Weichling! schilt sie sich. Das Unbehagen ist in zwei Tagen ausgestanden; Agnes muß ein ungleich größeres Übel auf unbegrenzte Dauer ertragen.

Silvia überlegt nicht länger. Sie verständigt Reinhard, der freilich alles andere als begeistert ist. So kurz vor Weihnachten sei das eine hirnverbrannte Idee, lichte Geistesgestörtheit, um es klar auszudrücken. Er sei mit dem Söhnehüten überfordert, weil er für den

1970

Haushalt nun mal kein Talent besitze. Außerdem müsse er am Wochenende Arbeiten korrigieren. Und dann die Kosten! Ob sie die überhaupt nicht bedacht habe, unbedacht wie sie manchmal sei?

Du mit deinen Wortspielereien! Silvia atmet tief durch und redet beruhigend auf ihren Mann ein. Sie werde das Essen vorkochen und alles Nötige bereitstellen. Er brauche keine Hausarbeiten zu verrichten, er solle einfach nur vorhanden sein. Und was die Kosten anlangten, seien seine Sorgen unbegründet. Sie werde die hundert Mark Weihnachtsgeld, die ihre Chefin in einem Anfall von Großzügigkeit dem Herzen abgerungen habe, zur Finanzierung der Reise einsetzen, keinen Pfennig darüber hinaus.

Dann tu, was du nicht lassen kannst.

Sie bucht telefonisch. Fluggast zahlt 68, Senat zahlt 28, Flugpreis Hannover – Berlin 96, steht auf dem Ticket der Pan American World Airways, das sie mittags im Reisebüro abholt. Durch den Senatszuschuß ist der Flug billiger als eine Autofahrt, jedenfalls wenn nur eine Person im Wagen sitzt. Seit 1966 sind Silvia und Reinhard viermal nach Tempelhof geflogen, um sich die nervenaufreibende Fahrt im Schneckentempo über die Transitautobahn zu ersparen. Die Strecke haben sie nicht nur wegen des Straßenzustandes in schlechter Erinnerung. Einmal sind sie viereinhalb Stunden ohne Begründung festgehalten worden und haben den Inhalt des Koffers und alles, was im Handschuhfach und auf den Sitzen lag, neben dem Auto ausbreiten müssen. Ein fahrbarer Spiegel ist unter ihren Käfer gerollt worden. Sie haben sich dafür verachtet, daß sie die lächerliche Maßnahme hingenommen haben, als sei Schikane die selbstverständlichste Sache der Welt. Ein anderes Mal haben sie wegen der schlichtweg erfundenen Behauptung, sie hätten die vorgeschriebene Geschwindigkeit überschritten, bittere fünfzig Mark zahlen müssen. Einem

1970

Mercedesfahrer, der sich genauso entschieden wie sie an die Vorschriften gehalten hat, knöpfen die Volkspolizisten hundert Mark ab. Wenn sie in den vergangenen Jahren nach Berlin gefahren sind, haben sie kostenlos bei Reinhards Cousin übernachtet. Der leicht chaotische Mensch kriecht dann bei Freunden unter. Er studiert seit Anfang der sechziger Jahre Theaterwissenschaft und Soziologie, ohne in einem der beiden Fächer je ein Examen abzulegen. Der väterliche Scheck sichert ihm den Lebensunterhalt. Sonderwünsche finanziert er durch Klavierspielen in einem Café am Kurfürstendamm. Das Bundesgebiet will er erst nach seinem vierzigsten Geburtstag wieder betreten. Reinhard sagt, der ewige Student habe beim Barras noch eine Rechnung offen.

Silvia beschließt, die Gelegenheit zu nutzen, den nicht mehr benötigten Kinderwagen ihres zweiten Sohnes nach Berlin zu schaffen. In ihrem letzten Brief hat Agnes bekümmert auf den Bedarf einer „statiösen Babykutsche" hingewiesen. Zwanzig Kilo Gepäck dürfe ein Flugreisender kostenfrei mitführen, gibt Reinhard zu bedenken. Reisetasche und Kinderwagen zusammen seien wesentlich schwerer. Sie werde kräftig zuzahlen müssen.

Silvia demonstriert Gleichmut. Komm ich übern Hund, komm ich auch noch übern Schwanz.

Leute, höret an, deklamiert Reinhard, die wundersame Mär vom Hundertmarkschein, der nicht alle wurde.

Vor viereinhalb Jahren, im Frühling 1966, ist bei den Steglichs das dritte Kind angekommen, die lebhafte Dorothea. Ihr folgt zwei Jahre später nach problematischer Schwangerschaft ein kaum lebensfähiger Junge, dem die Eltern in der verzweifelten Hoffnung auf Rettung den

1970

Namen Traugott geben. Im Jahr zuvor, 1967, ist Silvia von Claudius entbunden worden. Auch bei ihrer Graviditas – Reinhard legt Wert auf die eindeutig weibliche lateinische Bezeichnung; denn „schwanger" könne auch ein Mann gehen, zum Beispiel mit einer Idee – hat es Komplikationen gegeben. Buchstäblich in letzter Minute ist Silvia operiert worden. Doch sie hat ein gesundes, hübsches Kind zur Welt gebracht, und nach überstandener Gefahr ist es das allein, was zählt. Ein Jahr lang bleibt sie zu Hause. Dann bietet ihr eine Verwandte an, den Kleinen vormittags zu beaufsichtigen, und Silvia nimmt ihre Halbtagsbeschäftigung im Fotoatelier wieder auf.

Der Begriff „gesamtdeutsch", ruft sie sich ins Gedächtnis, als sie das Kontrollgebäude verläßt, hat für die Regierung in Ost-Berlin also vorgestern aufgehört zu existieren. Schade, daß man euch nicht durch Abwählen die Quittung dafür geben kann. Aber verrechnet euch nicht, Genossen! Der Prozedur eurer Grenzkontrollen unterziehen sich ungeachtet aller Schikanen noch mehr Besucher als früher. Nun erst recht, das ist die Parole aufrechter Bürger! Das Gefühl der Zusammengehörigkeit haben weder die Mauer noch eure anderen sadistischen Erfindungen zerstört. Und was Minengürtel nicht schaffen, wird euch auch mit keinem Erlaß gelingen.

Silvia setzt die schwere Reisetasche auf dem Kinderwagen ab, sieht ihr Spiegelbild in einer Scheibe und schmunzelt. Wie eine zu leichtem Wohlstand gekommene Mutter Courage karrt sie durch das winterliche Ost-Berlin. Das wäre ein Schnappschuß: Silvia Weller als rollendes Bescherungskommando vor der Kulisse des Grenzüber-gangs. Unter dem schnörkellosen Schriftzug BAHNHOF FRIED-RICHSTRASSE bemerkt sie zum erstenmal Reklame, noch dazu in eigenwilliger Rechtschreibung und Zeichensetzung: Ultra Contur-Bily

1970

Lippenstifte Augenbrauenstifte in schwarz braun grau. Deutsch müßte man können, sagt sie laut vor sich hin. Auch in ihrer Stadt werden Orthographie und Interpunktion zunehmend ins Belieben des einzelnen gestellt. Markthändler bieten „Grühnkohl garantiert Erntefrisch" an und „Eier von frei Laufenden Hühnern", eine Bäckerei meldet, sie sei „Mittwochs Nachmittag geschloßen". Die Straßenschilder sind ärgerlich fehlerhaft. „Schiller Straße" heißt es dort, „Heinrich Heinering" und „Kölnerstraße". Beim Apostroph findet in letzter Zeit eine wahre Inflation statt: Man setzt ihn zur Mehrzahlbildung ein, wenn man „billige T-Shirt's" und „BH's" anbietet, bildet den Genitiv auch dann mit Häkchen, wenn kein Buchstabe ausgelassen ist, schreibt „für's" und „bei'm" und „in's". Die Misere, konstatiert Reinhard, nehme allmählich katastrophale Ausmaße an; kein Franzose, behauptet er, würde seine Muttersprache derart mißachten.

Silvia kramt Kleingeld hervor und ruft bei den Steglichs an. Die inzwischen zwölfjährige Uta ist am Apparat.

Tante Silvia! schreit sie in den Apparat. Ihre Stimme klingt eine Oktave tiefer, als sie fortfährt, ihr Vater habe Wochenenddienst und könne nicht zur Station fahren. Und sie müsse bei den Geschwistern bleiben, weil die Frau von der Kirche, die sich um den Haushalt und die Kleinen kümmere, nur morgens kommen könne. Ob das sehr schlimm sei?

Ich rufe nicht an, um abgeholt zu werden, sondern um mich anzumelden. Bis gleich, Uta.

Halt, halt! Ob Tante Silvia schon wisse, daß sie umgezogen seien, im siebten Stock wohnten und ein neues Baby hätten?

Was meinst du wohl, warum ich so kurz vor Weihnachten im Schweinsgalopp angereist bin?

1970

Anfang November haben die Steglichs endlich eine größere Wohnung bezogen: Fünf Zimmer, Küche, Bad und – darüber gerät Agnes in ihrem jüngsten Brief an Silvia ins Schwärmen – ein Extraklo für Gert.

„Erinnerst Du Dich, liebe Silvia? In der Emaillebadewanne die kleine PVC-Ausgabe. Als Himmel über Wanne und Wännchen fünf Wäscheleinen, Tag und Nacht beflaggt mit Stoffwindeln, die Ablage über dem Waschbecken dicht bei dicht mit unseren Zahnputzsachen, vier wackelige Handtuchstangen von sechs Badelaken wie eine Abschußrampe durchgebogen, die Toilette ständig von irgendwem frequentiert, neben dem Klo die Nachttöpfe für die Kleinen, an der Wand sechs Waschlappen, mindestens zwei davon ständig tropfend, daneben sechs feuchte Handtücher. In dieser Idylle von Zillescher Provenienz mußte mein armer Mann sich säubern und rasieren. Was ist Gert für ein Glückspilz mit dem Ausweichklo!“

Über diesen Satz hat Reinhard den Kopf geschüttelt. Da es sich nicht um ein Pissoir handelt, bemerkt er spitz, muß die Frage erlaubt sein, warum Agnes die Bude nicht mitbenutzt. Sag doch selbst: Sind Frauen noch zu retten? Daß sie nicht logisch denken können, ist bekannt. – Schenk' dir den Protest! – Dauernd schreien sie nach Emanzipation, und gleichzeitig schaffen sie Sonderrechte für den Mann, die er selbst gar nicht für sich reklamiert.

Dir fehlt, wie den meisten Männern, das Einfühlungsvermögen, schießt sie zurück. Warum streckt sich Agnes nach der Decke und wagt nicht, etwas für sich zu fordern? Weil ihr Selbstbewußtsein beschädigt, wenn nicht zerstört worden ist. Außerdem glaubt sie sich vielleicht in Gerts Schuld. Darüber solltest du auch mal nachdenken. Er hat zu ihr gehalten, als sie im Zuchthaus saß. Hätte er sich von ihr losgesagt, wär' er zum Beispiel längst befördert worden. Das würde er ihr zwar so direkt nicht sagen und schon gar nicht zum Vorwurf machen, aber sie denkt, daß er es denkt.

Jaja, und du denkst, daß sie denkt, er dächte – Weiber in der Gerüchteküche.

★

Vier Steglich-Kinder warten vor dem Aufzug, als Silvia herauskommt. Sie stürzen auf sie zu, die drei Älteren reißen die Ankommende beinahe um, so stürmisch ist ihre Begrüßung. Nur der zweijährige Traugott zeigt vorerst größeres Interesse an dem Gefährt.

Kinder, laßt uns in die Wohnung gehen. Eure Nachbarn hören uns.

Wenn schon, sagt Ulf. Die kriegen auch mit, was wir drinne sagen. Das sind doch Pe-Es.

Parteispitzel, dolmetscht die vierjährige Dorothea im Flüsterton, und kichert.

Bloß rein! Silvia klemmt Traugott, das bleiche Bürschchen, unter den Arm und bringt Kinder und Wagen hinter die Etagentür.

Na? fragt Uta gespannt und dreht sich mit ausgebreiteten Armen um die eigene Achse. Stolz öffnet sie sämtliche Zimmertüren.

Silvia wirft einen Blick in alle Räume. Das ist ja eine Riesenwohnung! Und wie fein ihr sie in Schuß habt! Mustergültig, Kinder. Da wird sich Mutti aber freuen.

Frau Priesnitz hat jesagt, det is bei uns 'ne Karnickelwürtschaft, berichtet Ulf wichtig. Und Mutti giert nur nach det Windeljeld.

Silvia ist empört. Wer so etwas sagt, hat ein Schandmaul.

'ne Wildsau isse, hat Vati jesagt.

1970

Uta stößt den Bruder in die Seite. Stimmt nicht, protestiert sie. Es ging anders. Was kümmert es den dicken Eichbaum, wenn eine Wildsau sich an ihr reibt? Oder so ähnlich.

Wildsau Priesnitz, Wildsau Priesnitz. Das muß Dorothea ganz oft wiederholen. Dazu hüpft sie wie wild auf der Stelle, um ihrer überschüssigen Motorik Herr zu werden. Fiddelig, sagt ihr Vater, fiddelig sei sie wie ein Pups in der Laterne.

Ihr kleiner Bruder klatscht in die Hände und hopst unsicher auf seinen Biene-Sumsemann-Beinchen, die, um die Assoziation perfekt zu machen, in einer gelben Strumpfhose stecken.

Als Silvia aus dem Bad kommt, dem Agnes mit Fa-Seife, Blendax-Zahnpasta, Bübchen-Schaumbad und Badedas demonstrativ westliche Akzente gesetzt hat, steht das Quartett um ihre Reisetasche wie um eine Schatzkiste. Kinder, bittet sie, ich bin so in Eile, ich will doch noch zu eurer Mutti in die Klinik. Ich hab euch natürlich was mitgebracht, sonst würd ich mich gar nicht hertrauen. Aber das würde ich gern später in Ruhe auspacken. Ist es euch recht?

Die Kinder nicken, aber ihre Mienen verraten, was sie denken.

Schon gut, sagt Silvia. Überredet.

Singen wir nach der Bescherung unser Lied?

Also schön, Doro. Aber nur zwei Strophen. Mir pressiert's wirklich.

Im Nu sind die Mitbringsel verteilt und unter hellem Jubel in Empfang genommen. Dann werden sie vorübergehend auf dem Tisch abgelegt. Alle fassen sich bei den Händen, gehen im Kreis und singen das Lummerland-Lied der Augsburger Puppenkiste, das ihnen Silvia beigebracht hat. Die Kinder lieben es besonders, weil ihnen die Melodie gefällt, und weil die Tante aus dem Westen etwas mit dem lustigen Text zu tun hat: Eine Insel mit zwei Bergen und 'nem Fotoatelier./ In dem letzt'ren macht man Bilder, auf den erst'ren Dullijöh./Diese Breiten, diese Tiefen, diese Höhen sind bekannt,/und man spricht von den Motiven auf dem schönen Lummerland.

Zweimal hat Silvia versucht, Bilder- und Kinderbücher über die Grenze zu bringen. Zweimal sind ihr die harmlosen, politisch völlig unverdächtigen Bändchen abgenommen worden. Seither bemüht sie sich, Geschichten auswendig zu lernen, die Robert oder Claudius besonders mögen. Die gibt sie dann im Erzählstündchen an die Steglich-Kinder weiter.

Agnes sitzt im Nachthemd auf der Bettkante und traut ihren Augen nicht. Du kriegst die Motten! stößt sie schließlich hervor.

Bloß nicht! lacht Silvia und umarmt die Freundin. Wie fühlst du dich, fünffache Mutter? Laß dir herzlich gratulieren!

Danke. Was freue ich mich, dich zu sehen! Daß du hergefunden hast! Tja, du fragst, wie ich mich fühle? Elend. Aber sag's keinem. Nach dem fünften Mal sollte ich's eigentlich können, das Kinderkriegen. Denkste. Ich werde mit jeder Entbindung schlechter.

Zwölf Patientinnen und etwa ebenso viele Besucher sind im Saal. Seit Silvia eingetreten ist, herrscht aufmerksame Stille.

Die langen, schmalen Gänge mit dem leichten Äthergeruch und die gekalkten Säle zur Massenabfertigung der Patienten ohne Sonderrechte unterscheiden sich in ihrer Tristesse nicht von den alten Krankenhäusern, in denen Silvia seit ihrer Kindheit fünfmal gelegen hat. Inzwischen entstehen im Westen vielerorts auch für Kassenpatienten Kliniken mit Zweibettzimmern, deren Wände in warmen Pastellfarben getüncht und mit bunten Bildern verschönt sind. Sie ist im

1970

Zweifel, ob sie sich mit einer möglicherweise unangenehmen, streit-
süchtigen Zimmergefährtin in einem freundlichen kleinen Raum
unbedingt wohler fühlen würde als in einem unwirtlichen Saal mit elf
Frauen, von denen nach den Regeln der Wahrscheinlichkeit zumindest
die Hälfte liebenswert wäre.

Silvia stellt zwei hübsch verpackte Flaschen Saft auf den Nacht-
tisch und legt ein Päckchen mit Erfrischungstüchern daneben. Ich
habe mich schon vom einwandfreien Zustand der Mehrzahl eurer
Kinder überzeugt. Jetzt würde ich noch gern eure kleine Fünfte besichtigen. Ist das möglich? Und könntest du mit mir gehen? Oder bist du
zu klapprig?

Agnes angelt einen knöchellangen Morgenmantel vom Fußende.
Die Freude über dein Kommen wird mir notfalls Flügel verleihen,
lächelt sie angestrengt. Danke für alles, was du mitgebracht hast, treue
Seele. Ich werde es mir nachher ansehen. Glück muß man klug
einteilen. Oder wie dein Mann im Sommer so nett sagte: Wonne muß
dosiert sein.

Wie aus einem Munde sprechen daraufhin beide ganz langsam
und mit übertriebener Betonung: Teils dieserhalb, teils außerdem.

Diesen Spruch von Wilhelm Busch schickt Reinhard seinem
„eigenköpfig herausgefundenen flachen Tiefsinn" meist hinterher. Als
Nachruf, wie er betont.

Agnes kommt so sehr ins Lachen, daß sie sich vor Schmerz den
Bauch halten muß. Dein Mann ist zum Schießen. Als ich meinen
Apfelkuchen in sechzehn möglichst gleiche Stücke zu teilen versuchte,
sah er mich ganz ernst an und sagte im Ton eines Predigers:
Gerechtigkeit erhöhet ein Volk. Ich konnte das Messer nicht mehr
führen, so habe ich gelacht.

1970

Die andern im Raum sind ein wenig ratlos angesichts der ausge-
brochenen Heiterkeit.

Auf dem Flur erkundigt sich Silvia, warum die Leute aufgehört
hätten, sich zu unterhalten. Ob sie etwas falsch gemacht habe?
Du hast freundlich gegrüßt, den Blick über sämtliche Betten
schweifen lassen und bist danach auf mich zu. Was soll daran verkehrt
sein? Nein, weil du von drüben kommst, bist du für sie interessant.
Besucher aus dem Westen erkennen wir hier auf einen Blick.
Wie ein schwarzes Schaf unter lauter weißen.
So ungefähr. Einen anthrazitfarbenen Doppelreiher aus Bouclé mit
hellgrauem Pelzkragen und Lederstiefeletten mit Fellbesatz sieht man
bei uns eher selten.

Durch beharrliches Bitten erreicht Agnes, daß ihr Baby außerhalb
der Besichtigungszeit wenigstens einmal kurz hinter der Scheibe
gezeigt wird. Die zwei Tage alte Christiane ist das winzigste Neuge-
borene der Station.
Agnes löst sich aus Silvias stützendem Arm und klopft ganz sanft
mit den Fingerspitzen an die Scheibe. Arg piepsig, meine Kleine. Sieht
sie nicht aus wie ein zerknittertes Hutzelmännchen?
Wie kannst du so was sagen?! Christianchen hat ein süßes Pup-
pengesicht. Die schmale Kopfform, das dunkle Haar: Ulf en miniature,
wenn du mich fragst.
Sag ich doch: ein Hutzelmännchen! Ihrer Physiognomie fehlt das
Weibliche.
Und deinen Worten der Mutterstolz. – Sie ist so zart und zerbrechlich wie ein Vögelchen.

1970

Wachsen kann sie außerhalb meines Bauchs. Mir war jedes Pfund zuviel, das ich beim Umzug mit mir herumschleppen mußte.

Das kann ich dir nachfühlen. Aber du bist einfach zu dünn, Agnes. Du siehst aus wie ein Strich am Abendhimmel. Es sollte mich wundern, wenn du je einen Zentner wögest.

Was schließlich jeder Kartoffelsack schafft, wie dein Mann behauptet.

Das sieht ihm ähnlich. Aber wirklich, Agnes, wie du es mit solchem Fliegengewicht fertigbringst, alle zwei Jahre ein Kind zu kriegen und deinen Haushalt im Griff zu halten, ist mir schleierhaft.

Mir auch. Immer wenn ich entbunden hab, fragt mich irgend jemand, wo ich das Kind neun Monate lang zu sitzen gehabt hätte. Andern Frauen säh man die Schwangerschaft schon kurz nach der Empfängnis an. Ich kann mir vorstellen, daß es dich juckt, mich zu fragen, warum ich nicht die grüne Pille zum Frühstück schlucke, wie es alle DDR-Frauen seit vier Jahren zum Zweck der Familienplanung tun. Die Antwort ist einfach: Erstens vertrage ich sie nicht, zweitens möchte ich nicht den Spaß am Sex verlieren, denn dann müßte ich fürchten, Gert würde sich woanders umsehen. Eine Abtreibung käme übrigens niemals für mich infrage. Lieber fünf im Kissen, als eins auf dem Gewissen.

Wer wird dir helfen, wenn du mit dem Baby heimkommst?

Fürs erste Gert. Er hat zwei Wochen Urlaub dafür aufgespart. Wenn er wieder arbeiten muß, will ich allein zurechtkommen, denn die Hilfe der kirchlichen Angestellten gibt's für unsere Familie nicht zum Gotteslohn. Umsonst arbeitet nur meine Mutter. Doch die fällt leider aus. Sie hat sich beim Umzug übernommen und liegt mit Angina und Hexenschuß in Naumburg im Bett.

1970

Deine Mutter ist auch mit Angina geschlagen? Dann haben deine Kinder die chronische Mandelentzündung von ihr geerbt?

Wer weiß? – Deine Kinder sind hoffentlich gesund?

Im Augenblick ja. Aber Robert muß nächstes Jahr noch vor dem Übergang aufs Gymnasium unters Messer. Der Kinderarzt hat uns prophezeit, daß die häufig vereiterten Mandeln sonst auf die Dauer das Lernvermögen beeinträchtigen würden. Das wollen wir nicht riskieren.

Du, das ist merkwürdig. Ich erinnere mich nicht, daß in meiner Schulzeit ähnlich viele Polypen und Rachenmandeln entfernt worden wären wie heutzutage. Das ist ja fast wie eine Epidemie.

Wenigstens etwas, das Ost und West noch eint. – Unser Robert ist bestimmt durch seine Bronchitis vorgeschädigt. Was hat er durchgemacht, der arme Junge! Wären wir nicht regelmäßig mit ihm an die See gefahren, hätte ich für seine Gesundheit schwarzgesehen.

Das mit der Bronchitis bei Robert habe ich nie verstanden. Bei euch gibt es doch diese wunderbaren Hustensäfte und Einreibmittel. Und ich hab dir doch auch schon vor langer Zeit empfohlen, Robert jeden Abend gekochte heiße Kartoffeln auf die Brust zu legen. Hast du den Rat etwa nicht befolgt? Es macht Mühe, aber die muß dir dein Sohn doch wert sein.

Ist er auch. Aber mit Brustwickeln war seiner Krankheit nicht beizukommen. Der Kinderarzt verglich sie mit einem Riesenkriechtier, das man nicht mit dem Pusterohr, sondern nur mit Kanonen zur Strecke bringt.

Das glaub ich nicht. Laß mich bei euch in eine Apotheke gehen, dann beweise ich dem Arzt das Gegenteil.

Silvia ist nicht zum erstenmal befremdet über die Absolutheit, mit der Agnes und Gert über westliche Verhältnisse urteilen. Zuweilen hat sie den Eindruck, die beiden hielten sich für die besseren und

1970

würdigeren Bewohner des westlichen Teils Deutschlands. Solche Gedanken kommen nicht ihr allein. Aus der Gruppe, mit der sie 1965 in Ost-Berlin war, dringen immer öfter ganz unverhohlen Klagen an ihr Ohr. Man wisse drüben grundsätzlich alles besser, heißt es aufgrund der Erfahrungen mit der damaligen Gastfamilie, der sich die gesamte Reisegruppe nach wie vor verpflichtet fühlt. Man verallgemeinere beim Urteilen geradezu fahrlässig, kritisiere die angebliche Selbstsucht der Westler, benutze aber die Westbekanntschaft mit den Egoisten unbekümmert wie einen Versandhauskatalog und lasse die Besucher spüren, daß sie von den Problemen der „Brüder und Schwestern" nicht die geringste Ahnung hätten.

Silvia braucht sich nur einen Augenblick gedanklich in ihre Freundin hineinzuversetzen, um sich sofort für jeden Anflug von Kritik zu schämen. Einer Frau, die ein Schicksal wie Agnes trägt, gesteht sie das Recht auf Irrtum zu.

Wenn du wüßtest, wie ich mir wünschte, du wärst drüben, sagt sie aus ehrlichem Herzen. Doch die Verhältnisse, sie sind nicht so.

Agnes sagt leise und mit übertriebener Betonung: Teils dieserhalb, teils außerdem.

Silvia glaubt Tränen in ihren Augen zu sehen und lenkt schnell ab: Ich hab dir übrigens den Kinderwagen von Claudius mitgebracht.

Agnes wischt mit dem Handrücken über ihre Augen und strahlt. O danke! Wie lieb, daß du dich auch noch damit geschleppt hast.

Gern geschehen. Der Kinderwagen sieht aus wie neu. Allerdings ist er preußischblau. Wenn du Christiane darin spazierenfährst, wird man vermuten, sie sei ein Junge.

Das wird man auch ohne blaue Kutsche, wie wir eben festgestellt haben. – Silvia, am Ende des Ganges stehen in der Nische zwei

1970

Stühle. Sei so gut, schau nach, ob sie frei sind. Dort können wir uns ungestört unterhalten.

Magst du? Silvia holt eine Zellophantüte mit Studentenfutter aus der Handtasche. Sie hat nach dem Imbiß im Flugzeug nichts mehr gegessen.

Agnes pickt eine Haselnuß und eine Rosine heraus.

Überfriß dich nicht.

Ich käm leicht tagelang ohne Essen klar.

Ich nicht. Silvia sitzt mit dem Rücken zum Gang. Plötzlich steht jemand hinter ihr. Noch bevor sie sich umdrehen kann, hält er ihr die Augen zu und sagt mit verstellter Stimme: Rate, wer kömmt.

Professor Sauerbruch.

Kalt.

Rumpelstilzchen.

Das hat dir der Teufel gesagt, das hat dir der Teufel gesagt, schrie das Männlein.

Die Hände verschwinden.

Gert, das ist aber eine Überraschung! In Reinhards altem Wintermantel steht er vor ihr. Gehetzt sieht er aus und grau im Gesicht.

Sei gegrüßt, Silvia. Guten Tag, meine Agnes. Gert stellt eine abgegriffene Aktentasche neben ihren Stuhl. Waschmann Steglich meldet gehorsam: Leibwäsche weisungsgemäß im Einkochkessel gekocht, Nachthemd von Uta bügeln lassen.

Silvia versucht, sich vorzustellen, der Tierarzt aus ihrem Wohnviertel wäre gezwungen, derartige Hausarbeiten zu verrichten. Der Gedanke ist absurd. Im Westen beschäftigt ein promovierter Akademiker eine Haushilfe und eine Putzfrau, fährt eine Nobellimousine,

1970

seine Frau besitzt einen eigenen Stadtwagen, die beiden haben alle Kontinente bereist und machen mindestens zweimal im Jahr Urlaub. Und Gert dagegen mit dem Gehalt, das sich nicht von dem eines ungelernten Arbeiters unterscheidet? Wie erniedrigt muß der sich fühlen! Wofür das lange Studium, wozu das viele Wissen, wenn es sich nicht in barer Münze auszahlt? Wieviel Kraft und Zeit verschwendet er als Geistesarbeiter mit dem Organisieren von Vorräten, von Bedarfsgegenständen und Eßbarem, das über das Lebensnotwendige hinausgeht? Er muß seine Familie aufopferungsvoll lieben, und er muß demütig sein, vermutet Silvia, wenn ihm angesichts seiner deprimierenden Verhältnisse Sarkasmus als Ventil genügt.

Die Kinder haben mich angerufen, berichtet Gert. Vati, stell dir vor, Tante Silvia ist bei Mutti, und uns hat sie Marzipan und Gummibären mitgebracht und Nuß-Nougat-Creme und einen Kinderwagen. Als ich das hörte, dachte ich bei mir, au, au, wenn sie die Babykutsche durchgeschleust hat, dann wird sie die Genossen wieder genossen haben, unsere liebe Silvia.

Sie waren überraschend gnädig. So kurz vor Weihnachten überfällt vielleicht auch mal ein paar Atheisten die Sehnsucht nach Frieden auf Erden. Jedenfalls haben sie mich diesmal nicht unnötig gepiesackt.

Und den Wagen nicht wegen eigener Begehrlichkeit beschlagnahmt. So ist es recht, Genossen.

Uta sprach am Telefon von deinem Wochenenddienst. Kannst du denn zwischendurch einfach verschwinden?

Die Freiheit nehme ich mir.

Und deine Vorgesetzten raunzen nicht?

Ich habe keine Mittagspause gemacht. Dafür erlaube ich mir, meine Frau am Nachmittag mal eben in der Klinik zu besuchen. Meine Vorgesetzten brauchen mich, liebe Silvia, denn sie sind mir

1970

dummerweise fachlich unterlegen. Ein Heil-Moskau-Rufer ist nicht automatisch ein fähiger Tierarzt. Sie schmücken sich mit meinen Federn, die Herren Professoren und Kollegen. Ich habe nämlich eine Operationstechnik entwickelt, die dem ganzen Laden Ansehen einbringt. Natürlich wäre der Brigade lieber, die entwickelte Methode stammte von einem zuverlässigen Parteimitglied. Doch letztlich kann man nicht marxistisch operieren, so hat es ein mir geistesverwandter Kollege von der Humanmedizin treffend formuliert, und meine Vorgesetzten müssen mich nehmen, wie ich bin. Ich genieße eine Art Narrenfreiheit.

Agnes lacht bitter auf. Schön wär's, wenn wir die genössen. Die Wahrheit ist, wir stehen total unter der Knute. Im Haus über, neben, unter uns Informanten der Stasi. Man zwingt Gert in die Betriebskampftruppe – mit oder ohne Parteiabzeichen. Aber er hat recht, wenn er sagt, daß seine Vorgesetzten und Kollegen auf ihn angewiesen sind. Arbeitslos wird er also nicht werden, es sei denn, ihm mißlänge die Operation von Ulbrichts Hund oder Pferd oder was auch immer der Held der Arbeit und Träger des Karl-Marx-Ordens an Vierbeinern besitzt.

Einer jungen Mutter darf man nicht widersprechen, solange sie stillt.

Ach, Gert!

Bist du in der Tierklinik als einziger nicht in der SED?

Nein, wir sind zu zweit. Mein Kopilot ist unser bester Tierpfleger. Wenn man politisch verdächtig ist, kann man nur überleben, wenn man sich unentbehrlich macht.

Bei uns erlebt man das als Frau: Ich muß schon deutlich besser sein als ein Mann, wenn ich mich in Beruf und Gesellschaft auf Dauer behaupten will.

1970

Wir sind gleichberechtigt, sagt Agnes. Darum ist unser Staatsratsvorsitzender ein Mann, und von neunzehn Mitgliedern des Politbüros des ZK der SED sind neunzehn männlichen Geschlechts.

Die Putzbrigade, stellt Gert klar, wird von einer Frau geleitet. Wir sind gleichberechtigt. Hab ich was anderes gesagt?

Silvia, wo nächtigst du? Wieder bei dem älteren Semester?

Im eigenen Bett, hoffe ich. Um neun geht meine Maschine. Ein Kunde von mir nimmt mich dann von Hannover in seinem Auto mit nach Hause. Er mußte heute nach Berlin, um einen Mietvertrag für seinen Sohn abzuschließen. Der Knabe will nicht zur Bundeswehr und hat sich deshalb nach Berlin abgesetzt.

Noch einer, der nicht dienen will, spottet Gert. Ich und nimm und nimm und ich. Von der Wiege bis zur Bahre. So kann ein Lebensentwurf aussehen. – Und wie geht's daheim? Mann und Maus wohlauf?

Mäuse, berichtigt Agnes.

Richtig, ihr habt ja zwei Jungs.

Wir haben zwei, aber ich besitze drei. Und der Älteste ist am schwierigsten.

Nanu? Wie das?

Reinhard redet sich ein, sein Zug sei abgefahren. Und dann gerät er in Panik. Er sieht sich an der Sprachenschule vergreisen ...

Herrjemine, mit zweiunddreißig?

Er ist im Beruf nicht zufrieden, und mit Frau und Kindern als Klotz am Bein kann er nichts Neues beginnen. Ich hab geahnt, daß es so kommen würde. Er hat das Zeug zu mehr als zum Übersetzer und Privatschullehrer. Ihr müßtet ihn mal aus dem Stegreif eine Rede zu

einem x-beliebigen Thema halten hören. Er ist einfach brillant. Politiker, Publizist, Rechtsanwalt, Fernsehjournalist – alles hätte er werden
können, bei dem es auf Ausdrucksfähigkeit und Bildung ankommt.
Allmählich wird ihm klar, auf was er in den letzten Jahren verzichtet
hat. Als Übersetzer, sagt er, brauche er regelmäßig Auslandsaufenthalte, um in den Fremdsprachen auf dem neuesten Stand
zu sein. Aber nicht mal zu interessanten Sportveranstaltungen kann er
reisen, weil das Geld in der Familienkasse fehlen würde.

Und du? fragt Agnes. Fühlst du dich auch erdrosselt durch die
täglichen Pflichten? Hausarbeit und Kindererziehung und Berufstä-
tigkeit, und dann kein Ausgleich durch Reisen zu Fotoausstellungen?

Ich? Darüber hab ich noch gar nicht nachgedacht.

Typisch.

Gert kratzt sich am Kinn. Weiß Reinhard denn, was er eigentlich
will?

Er weiß nur, daß er nicht glücklich ist, und es an der Sprachenschule nie werden wird. Einige seiner ehemaligen Klassenkameraden
haben es zu Amt und Würden gebracht, mit allen damit verbundenen
Annehmlichkeiten. Andere sind ledig oder geschieden. Die gehen mit
den rebellischen 68ern auf die Barrikaden, verfassen Pamphlete,
bekämpfen das Establishment und verweigern sich jeder Leistung.

Dieses Aufbegehren hat für mich etwas Lächerliches. In einer
Demokratie, wo jeder nach seiner Fasson selig werden kann, ist mir
das unbegreiflich, was sich bei euch abspielt. Bei uns, wo bei jedem
Aufmucken das Stasi-Gefängnis droht, da hätte Rebellion wenigstens
Größe. Wie damals unter Adolf. Aber heutzutage drüben zum
Aufrührer werden? Den Brüdern geht's zu gut, drum werden sie
übermütig. – Du willst doch nicht behaupten, dein Mann habe Ambi-
tionen, bei denen mitzumischen, die die Anarchie ausrufen?

1970

Natürlich nicht. Aber diese Leute bewegen etwas. Sagt er.

Den Muff unter den Talaren bereimen die. Wenn sie wenigstens konstruktiv wären! Aber die wollen gar nichts aufbauen, sondern alles niederreißen. Sie erkennen keine Gesetze an und schrecken vor keinem Verbrechen zurück. Der Jammer ist, daß der Rechtsstaat gegen seine Feinde mehr oder weniger machtlos ist. Unserm Unrechtssystem arbeiten eure Radikalen förmlich in die Hände!

Reinhard hat mit denen nichts im Sinn. Nur ... er betrachtet sie als lebendig und sich als tot.

Entschuldige, aber als was würde er sich betrachten, wenn er mit mir tauschen müßte?

Agnes steht auf, hält sich an der Lehne fest und singt: Im Geisterhauch tönt's mir zurück: Dort, wo du nicht bist, dort ist das Glück!

Ein weises Schlußwort. Silvia erhebt sich ebenfalls. Ich gehe jetzt noch einmal in eure Wohnung. Das habe ich den Kindern versprochen. Und dann muß ich mich allmählich zur Friedrichstraße verfügen. Man weiß nie, ob das Durchschleusen Minuten oder Stunden in Anspruch nimmt.

Minuten, sagt Gert. Es ist immer noch kurz vor Weihnachten.

Ich will nichts riskieren. Das Flugzeug wartet nicht.

Uta soll dir die Flasche Rotkäppchensekt mitgeben, die ich im Kühlschrank zu liegen habe. Und die Schallplatte mit dem Weihnachtsoratorium.

Agnes, ich bitte dich!

Keine Widerrede, befiehlt Gert. Einer Mutter darf man nicht widersprechen, solange sie stillt.

★

1970

Silvester trifft bei den Wellers ein Brief ohne Absender mit westlichen Wertzeichen ein. Sie glauben Agnes' Handschrift zu erkennen. Gespannt öffnet Silvia den Umschlag. Ein Scherenschnitt, wie sie ihn zum Dank nach jedem Besuch erhalten hat, bestätigt ihre Vermutung. Diesmal hat Agnes ein strampelndes Baby dargestellt, die zarte Christiane. Sie liegt auf einem Bärenfell. Links von ihr steht unverkennbar Claudius' ehemaliger Kinderwagen, rechts im Hintergrund der Weihnachtsbaum. Silvia ist begeistert. Sie kann nur staunen, wie gewissenhaft Agnes das Fell abgebildet hat und wie exakt die winzigen Zehen und Fingerchen. Die Schleife in einer Haarsträhne soll offenbar auch noch nach Jahren klarstellen, daß es sich bei dem Baby um ein Mädchen handelt.

Silvia hat schon vor Jahren eine Mappe mit Klarsichtfolien angelegt, worin sie alle Scherenschnitte verwahrt. Sie weiß um den Wert der Geschenke. Nicht nur, weil sie jeden Schattenriß für einzigartig hält wie das Foto aus der Sofortbildkamera. Für Agnes sind die Scherenschnitte eine Möglichkeit, ihren Dank anders als in Worten auszudrücken.

Die Handwerkskunst kannst du später gebührend bewundern, drängt Reinhard. Willst du nicht erst wissen, ob Agnes per Heißluftballon in den freien Westen gelangt ist?

Silvia bringt den Scherenschnitt in Sicherheit, dann liest sie laut vor:

Berlin, 28. Dezember 1970

Meine liebe Silvia! Eine mutige Diakonisse hat sich auf mein Drängen (das, gebe Gott, weder für sie noch für mich ein böses Nachspiel haben wird) bereiterklärt, einen Brief an Dich im Westen zu frankieren. Ich muß Dir nämlich noch vor Jahresende etwas erzählen, das ich dem üblichen

1970

Weg nicht anvertrauen kann. Es geschehen noch Zeichen und Wunder, meine Liebe, und diesmal an uns! Ich bin so aufgeregt und so in Zeitnot, daß ich bange, ob Du mein Gekrakel wirst lesen können. Als ich eben aus der Klinik gekommen war, besuchte mich unser inzwischen pensionierter Pastor, eben jener, den Du vor fünf Jahren im Gemeindehaus kennengelernt hast, der mit den Borstenaugenbrauen, die Du so bestrickend fandest. Ich übrigens auch. Er und seine Frau haben mit Hilfe Eures Pfarrers, mit dem Du damals hier warst, Verwandte im Westen ge- oder erfunden und einen Ausreiseantrag gestellt. Wenn er genehmigt wird, müssen sie das Land kurzfristig verlassen. Die beiden herrlichen Menschen, zu ihrem Kummer kinderlos, besitzen in der Mark Brandenburg, anderthalb Autostunden von unserer Wohnung entfernt, ein Gartengrundstück mit Laube. Und nun denk Dir nur, das wollen sie uns verkaufen! Ganz günstig und mit allem Mobiliar. Gert und ich sind schon dort gewesen und haben es uns angesehen. Auf dem Grundstück gibt es Kiefern (Ich denke an die Kinder und sage nur: Schaukel! Baumhaus! Nistkasten!), einen kleinen Nutzgarten, zwei Mirabellenbäumchen und einen Stachelbeerstrauch. In der Laube ist sogar fließendes Wasser. Das Holzhaus besteht aus Küche und Stube. Und unterm Dach, nur von außen durch eine Leiter zu erreichen, existiert noch ein schräger Raum, den wir als Schlafstätte für die Kinder herrichten werden. Am hinteren Gartenzaun steht ein hölzernes Plumpsklo mit Herzchentür! Du, und mit dem Fahrrad, das uns der Pastor auch noch gibt, ist man in zehn Minuten am Konsum. Sag doch: Kann es so ein Glück geben? Die Ferien werden wir an der frischen Luft verbringen und die Wochenenden, an denen Gert frei hat, ebenfalls. Seit ich das weiß, wachsen mir ungeahnte Kräfte zu. Ich arbeite und werde nicht müde. Liebe Silvia, was vermag doch Glück in unserm Leben zu bewirken! Im November durften wir die drangvolle Enge des Taubenschlags endlich gegen eine größere Wohnung tauschen.

1970

Und im Dezember lächelt uns Fortuna gleich noch einmal. Während ich das schreibe, spüre ich, daß es gegenüber dem Himmel und einem Angehörigen seines Bodenpersonals ungerecht ist, denn ihnen und nicht Fortuna verdanken wir den Segen. Daß Du Dich von ganzem Herzen mit mir freust, weiß ich, und es macht mein Glück vollkommen. Danke für Deinen Besuch und alles, was Du mitgebracht hast, vor allem aber für Deine Freundschaft. Nimm als bescheidenes Zeichen meines Dankes das Konterfei des Hutzelmännchens.

Grüße innig Deinen fleißigen Reinhard, den hübschen, klugen Robert und den allerliebsten Claudius. Dir und Euch ein gesegnetes 1971! Deine Agnes

Tja, sagt Reinhard, mit diesem Schriftstück hätte deine Freundin sich, die Diakonisse, den Laubenbesitzer und seine Frau, unseren Pastor und nicht zuletzt dich und mich in Teufels Küche bringen können. War es das wert?

Silvia schweigt betreten.

Ja, war es, mischt sich der neunjährige Robert energisch ein. Wenn ich 'ne Eins geschrieben hab und euch das nicht ganz bald erzählen kann, freu ich mich nicht mehr darüber. Bestimmt geht es Tante Agnes mit der Laube und dem Herzchenklo genauso.

Mir auch, behauptet der dreijährige Claudius. Krieg' ich auch ein Herzchenklo?

Wünsch dir das nicht, rät seine Mutter und nimmt ihn auf den Arm. Es stinkt im Sommer grauenhaft und ist voller Fliegen.

Der Vater wendet sich seinem Ältesten zu. Dein Vergleich hinkt, sagt er. Es geht nicht darum, daß man eine freudige Nachricht möglichst schnell überbringen möchte, sondern darum, wie man es tut.

1970

Wenn du eine Eins schreiben würdest und verführtest einen gutmütigen Mitschüler dazu, den Unterricht zu schwänzen, um uns dein Heft zu zeigen ...

Das tät ich nie. Ich kann doch wohl bis Schulschluß warten.

Aha. Aber wie würdest du einen Mitschüler nennen, der einen andern losschickt und riskiert, daß der geschnappt und bestraft wird?

Na, rücksichtslos eben.

Eben, wiederholt Reinhard und sieht seine Frau bedeutungsvoll an.

1975

An einem Samstag im August sind Silvia und Reinhard gemeinsam mit Robert auf dem Weg nach Berlin. Erst wollen sie die Steglichs besuchen. Sie freuen sich darauf, Gabriele zu besichtigen, die im März als sechstes Kind der Familie das Licht der Welt erblickt hat.

... Gabriele wird unser erstes Baby sein, dessen Windeln nicht mehr auf dem Herd brodeln, sondern in einem Vollautomaten gewaschen werden. Drei Jahre habe ich die eigene Waschmaschine nun, und es vergeht kein Tag, an dem ich Gerts altem Chef nicht von Herzen dafür dankbar bin, daß er sein 1966 gegebenes Versprechen sofort wahrgemacht hat, nachdem die Grenze für West-Berliner endlich wieder geöffnet wurde. Ich Kleingläubige hatte längst alle Hoffnung fahren lassen, je einen Waschautomaten, geschweige denn eine Geschirrspülmaschine zu besitzen.

Was sie sonst unternehmen, darüber darf Robert bestimmen. Für den Abend wünscht er sich in West-Berlin eine Mahlzeit in einem urigen Lokal, wo man mit den Fingern essen und die abgenagten Knochen in ein offenes Feuer werfen darf, danach steht ein Freilichttheater auf seinem Programm. Am Sonntag möchte er eine Havelrundfahrt unternehmen, in einem Gartenlokal Eis essen und Berliner Weiße mit Schuß trinken, sich von einem Straßenmaler zeichnen lassen und im Kino eine Uraufführung sehen. Montag geht's heimwärts.

1975

Sie wohnen diesmal nicht bei Reinhards Cousin, der mittlerweile das Studium an den Nagel gehängt, seine schwarze Existentialisten-kluft ausgezogen, die kleine runde Brille abgelegt und ein Entrümpe-lungsunternehmen gegründet hat. Beim Ausmisten, berichtet er seinem Vetter stolz am Telefon, berge er gelegentlich wahre Schätze, die er dann mit erheblichem Gewinn an betuchte Antiquitätensammler verkaufe.

Nicht privat sind sie untergebracht, sondern sind in einem Hotel der gehobenen Klasse nahe der Gedächtniskirche abgestiegen. Als Silvia diesen Ausdruck benutzt, protestiert Reinhard. Wieso sprichst du von Absteigen, wenn wir doch im Vergleich zu unseren früheren Übernachtungsstätten eindeutig aufgestiegen sind?

Sie wollen Robert mit dieser Reise bewußt etwas gönnen, denn sie haben ihn in letzter Zeit vernachlässigt, und das verdient er nicht. Er besitzt einen wertvollen Charakter und ein ausgeglichenes Wesen, ist in jeder Hinsicht wohlgeraten und ein ausgezeichneter Schüler dazu. Im Frühling ist der vierzehnjährige Gymnasiast konfirmiert worden, aber gefeiert haben sie nicht, nur im kleinen Kreis in bedrückter Stimmung zusammengesessen.

Für die Familie Weller gilt dieses Jahr als das bisher traurigste ihres Lebens. Der fast achtjährige Claudius infiziert sich Anfang Januar bei einer Gleichaltrigen, die eben erst mit ihren Eltern aus einem ungarischen Internierungslager nach Deutschland gekommen ist, und zieht sich eine Gelbsucht zu. Im Rahmen der Generaluntersuchung wird eine Herzmuskelschwäche diagnostiziert. Die Eltern fragen sich, was sie mehr fürchten müssen: die akute oder die chronische Erkrankung. Sie zittern bei jedem Läuten des Telefons, nachdem Claudius kurz nacheinander auch noch an Masern und Röteln erkrankt. Neun Wochen liegt der Junge in der Klinik. Das Fieber will nicht schwinden. Als er endlich entlassen wird, kann er das Gleichgewicht nicht mehr halten. Er muß das Laufen mit Hilfe einer Heilgymnastin neu lernen. Wochenlang ist nicht der geringste Fortschritt erkennbar.

Seit Ausbruch der Krankheit ihres Jüngsten muß sich Silvia zu jeder noch so kleinen Verrichtung zwingen. Und sie hat so viel zu leisten in Haushalt, Beruf und mit der Betreuung des kleinen Patienten. Er liegt auf der Isolierstation. Seine Eltern dürfen sich nur zweimal pro Woche vom Balkon aus durch das einen Schlitz weit geöffnete Fenster mit ihrem Jungen unterhalten. Der Chefarzt der Kinderstation weigert sich, Ausnahmen von dieser unmenschlichen Regelung zuzulassen. Ungerührt argumentiert er, die Angehörigen trügen Keime ans Krankenbett. Reinhards Einwand, daß auch Ärzte, Pflegepersonal und Putzfrauen die Krankheitskeime übertragen könnten, läßt er nicht gelten. Er bestreitet auch, daß die erzwungene Trennung unnötigen Kummer und zusätzliche Belastung verursache.

Reinhard macht einen letzten Versuch: Unser Junge ist todtraurig und fragt uns weinend, warum wir so selten kämen, ob wir ihn ganz vergessen hätten.

Ihr Sohn neigt zur Übertreibung! fährt ihn der Chefarzt an. Wenn wir mit ihm allein sind, weint er nicht.

Wie kommt so ein gefühlskalter Mensch auf die Idee, Kinderarzt zu werden? ruft Silvia aus, als ihr Reinhard den Wortlaut des Gesprächs wiedergibt.

Jeden Tag schickt sie Claudius eine neue Bildergeschichte ans Krankenbett. Sie klebt witzige Fotos auf und schreibt heitere Verse dazu. Während sie möglichst ulkig zu reimen versucht – „Claudius" auf

1975

„Omnibus", „kleiner Schatz" auf „viel Rabatz" – kann sie kaum lesen, was sie zu Papier bringt. Die Buchstaben verschwimmen unter ihren Tränen.

Was sie auch beginnt, ob sie Robert Lateinvokabeln abhört, in der Dunkelkammer steht, Kunden berät, Paare fotografiert, Oberhemden bügelt, Essen kocht, ihre Gedanken münden zwanghaft in der Vorstellung, Claudius ringe mit dem leibhaftigen Tod. Sie wird das Bild vom Erlkönig nicht los, und der trägt die Züge des unbarmherzigen Chefarztes. Die Sorge um den Jungen hält ihr Herz wie ein Schraubstock umklammert. Kopfweh und Rückenschmerzen verlassen sie Tag und Nacht nicht mehr. Wenn sie sich vor- oder zur Seite beugt, um eine Lampe im Atelier auszurichten, durchzuckt sie ein Schmerz, der sie sekundenlang glauben läßt, sie werde sich nie mehr in die Senkrechte zurückschrauben können. Ihre Herz- und Kreislaufbeschwerden nehmen besorgniserregende Ausmaße an.

Und es wäre so wichtig, Rücken und Kopf freizuhaben für ihr Haus, das seit Herbst 1974 in Stadtrandlage entsteht. Das Geld für den Grundstock haben sie geerbt. Den Rest finanzieren sie über einen Hypothekenkredit, dessen monatliche Tilgungsrate nur leicht über ihren derzeitigen Mietkosten liegen wird. Vorfreude will sich nicht einstellen, nur Verdrossenheit darüber, daß der Neubau zusätzliche Arbeit bedeutet und die Pflicht zur Überwachung, die sie zur Zeit unmöglich leisten können. Nicht einmal Richtfest haben sie gefeiert. Bei einer ihrer seltenen Besichtigungen sind sie darauf hingewiesen worden, daß schon seit Tagen der Kranz am Dachgebälk signalisiere, die Bauleute hätten Durst. Ihnen selbst wäre der Gedanke daran vermutlich bis zum Einzug nicht gekommen. Sie bemühen sich, die Maurer und Zimmerleute zu versöhnen, doch bei der Zunft sind sie bereits derartig in Mißkredit geraten, daß kein noch so vorzügliches

1975

Bier, in stattlichen Mengen zur Verfügung gestellt, ihren Ruf zu retten vermag.

Sie werden uns einen Denkzettel verpassen, orakelt Reinhard. Vielleicht nageln sie zwei Heringe hinter die Dachlatten. Oder sie verstopfen ein Abflußrohr mit Zementbrocken, an denen sich der Dreck staut, bis die Kanalratten „Rien ne va plus" kreischen. Wenn wir Überschwemmung haben, sind die Täter natürlich längst weg. Man hört die tollsten Geschichten über die gemeine Rache ehrpußliger Handwerker.

Daß Silvia ausgerechnet in diesem Jahr den Auftrag für ein Buch mit Porträts erhält, gehört für sie zu den Beispielen dafür, daß das Schicksal am liebsten mit jenen Menschen Schabernack treibt, denen der Sinn am allerwenigsten nach Irrwitz steht. Bis unter die Decke wäre sie gesprungen, hätte man ihr das Angebot vor einem Jahr gemacht. Aber sie bekommt es jetzt, wo ihr die Muße fehlt und sie keine Freude empfinden kann über die Ehre, die man ihr mit diesem Auftrag erweist. Jeweils drei bis vier Generationen einer Sippe soll sie porträtieren, Verwandte gleich welchen Geschlechts, bei denen die Familienähnlichkeit unverkennbar ist.

Etwa zur gleichen Zeit bekunden zwei Städte Interesse an einer Ausstellung ihrer Fotos. Von einem Tag auf den andern richtet sich das Interesse der Öffentlichkeit auf sie. In Kundenkreisen gilt sie seit langem als zurückhaltende, gleichwohl außergewöhnlich gute Beobachterin mit einem durchdringenden, aber immer liebevollen Blick auf Menschen. Daß sie mit schlafwandlerischer Sicherheit die Situation erfaßt, die eine Aufnahme zum besonderen Bild macht, und für Motive jenen Blick hat, den man nicht erlernen kann, haben ihr bisher nur Laien bestätigt.

1975

Sie wundert sich über ihren Erfolg, weil sie ihn leise erworben hat. Beiläufig, wie Reinhard festhält, nicht mitläuferisch. Daß sie Anerkennung findet, ohne auf Modewellen mitzuschwimmen, gehört für sie zu den unerklärbaren Widersprüchen. Von zwei Berufskollegen ist ihr schon vor Jahren eingeredet worden, ihre Arbeitsweise stamme aus der Mottenkiste.

Genres, die schnelles Reagieren verlangen oder auffällige Inszenierungen, sind ihre Sache nicht. Menschen sind ihr zu wichtig, als daß sie ihr nur als Staffage dienten. Immer steht die Person im Mittelpunkt ihrer Arbeit. Sie ist bestrebt, den Charakter hinter einem Gesicht und durch die Pose erkennbar werden zu lassen, auch dann, wenn sie das Foto geschönt hat. Zu Beginn ihrer Laufbahn beobachtet sie, daß Menschen in bestimmten Situationen äußerlich gewinnen: Männer wie Frauen im Schein der Kerzen, Frauen auf dem Hochzeitsbild, das sie im Brautkleid mit Schleier zeigt. Damals beschließt sie, die modellierende Wirkung des Lichts und schmückende Verkleidung zu nutzen, um aus jedem Gesicht das Optimale herauszuholen. Dabei verzichtet sie bewußt auf Kitsch und modischen Schnickschnack. Ihr graust vor Ergebnissen, wie sie einige modern sein wollende Berufskollegen in die Schaufenster stellen: Verschwommene Gesichter, die sich wie eine Aureole um das Porträt ranken, Überzeichnungen, Einblendung des Partnerporträts dort, wo das Herz der Fotografierten sitzt, oder der Augen des Ehemannes neben dem eigenen Kopf.

Ein berufsmäßiger Fotograf, meint sie, habe die Pflicht, seine zahlenden Kunden so vorteilhaft wie möglich abzulichten. Für zweifelhafte Experimente dürfe er sie nicht mißbrauchen. Eine Fotografie, die man gegen Entgelt erworben habe, solle auch in fünfzig Jahren noch mit Wohlgefallen betrachtet werden können.

1975

Mit dieser Einstellung stößt sie bei denen auf Widerstand, die sich dem Zeitgeist verschrieben haben. Denn neuerdings ist Häßlichkeit Trumpf. Durch die Werbung geistern abstoßende Typen, je abscheulicher, um so erfolgreicher. Klapperdürre Mädchen, auf Leiche geschminkt, rothaarige, träge Dickerchen mit Knollennase und Raffzähnen, unvorteilhaft und schäbig gekleidet beide. In Kinderbüchern wird die zerstörte Familie mit Alkoholproblemen zum Normalfall erklärt, das Intakte zum Abschuß freigegeben. Es gibt kein schlimmeres Schimpfwort als „heile Welt". Für erstrebenswert gilt, was kaputt ist oder kaputt macht. Die Spielzeugindustrie entdeckt die Monster. Kinder werden ausgelacht, wenn sie ihrem kuscheligen Teddy die Treue halten, statt ein giftgrünes Ungeheuer aus hartem Kunststoff mit sich herumzuschleppen.

Silvia läßt sich davon nicht beeindrucken. Sie sieht die kindliche Freude ihrer Kunden über ein schmeichelhaftes Foto und zieht daraus für sich und ihre Arbeit den Schluß.

Daß für die Kunstfotografie andere Gesetze gelten, sagt sie zu einem Kollegen, weiß ich. Aber damit kann ich im Laden nichts anfangen.

Das unterscheidet dich von mir, grinst der Mann süffisant.

Reinhard lehrt nach wie vor an der Sprachenschule Müller, ist in den letzten Jahren aber im Nebenberuf zu einem begehrten Redenschreiber aufgestiegen. Damit verdient er weit mehr als mit der Übersetzertätigkeit, die er nur noch vertretungsweise ausübt. Seine Texte entwirft er hauptsächlich für Politiker und Industrielle, gelegentlich auch für Privatleute, die zu einer Familienfeier eine Ansprache halten möchten. Er formuliert elegant, eignet sich auch auf fremden Gebieten rasch Sachverstand an, würzt die Texte mit intelligentem

1975

Humor und flicht geschickt passende Zitate ein. Wer eine Rede aus der Wellerschen Sprachwerkstatt hält, kann des Beifalls gewiß sein. Zunächst wurde Reinhards Adresse heimlich gehandelt. Seit einem Jahr offeriert er seine Dienste in jeder Wochenendausgabe der größten örtlichen Tageszeitung.

Bei aller Genugtuung über den Erfolg ihres Mannes bezweifelt Silvia, daß sich Reinhard auf Dauer mit der Rolle des Akteurs im Hintergrund bescheiden werde. Im Halbschlaf sieht sie ihn manchmal als Souffleur aus dem Kasten kriechen und auf die erleuchtete Bühne hinaustreten, dahin, wo sein Platz ihrer Meinung nach immer schon gewesen wäre.

Daß sie das auch in hellwachem Zustand denkt, sagt sie ihm nicht. Den Fehler, alles auszusprechen, was ihr durch den Kopf geht, hat sie in den ersten Ehejahren gemacht. Inzwischen meidet sie Reizthemen nach Möglichkeit. Dadurch hat sie immerhin erreicht, daß Reinhard seltener in die Luft geht – das HB-Männchen macht, wie seine Kinder, mehr ängstlich-besorgt als respektlos, sagen.

Es ist heute heiß wie in der Hölle. Silvia pustet der vierjährigen Christiane, dem ehemaligen Hutzelmännchen, in den Nacken und hebt die Kleine vom Schoß. Ihr Rock klebt an den Oberschenkeln. Wie wär's, wir beide gingen für allemann Eis holen?

Dorothea ist mittlerweile neun, aber immer noch genauso zappelig wie früher. Sie schüttelt abwechselnd das linke und rechte Bein, als mache sie Lockerungsübungen, dazu fächelt sie sich mit ihrem eben erhaltenen Mause-Briefpapier Luft zu. Du mit Christiane allee... alleine? – Wenn der Vater in Hörweite ist, berlinert sie möglichst nicht.

1975

– Dann mußt du eine Schüssel mitnehmen, sonst geht's uns wie letztes Jahr.

Da waren sie unverrichteterdinge aus dem Eiscafé gekommen, weil sie kein Gefäß mitgebracht hatten.

Agnes runzelt die Stirn. Willst du das wagen, Silvia? Kipp mir bloß nicht um, du.

Schade, sagt Ulf, daß ihr nicht mit raus auf die Laube könnt. Da ist es nicht halb so drückend wie in Berlin.

Ich gäb was dafür, wenn ich eure Idylle mal besuchen könnte.

Ach, Silvia, wie oft habe ich dir vorgeschlagen, ein Visum für eine mehrtägige Reise in die DDR zu beantragen. Ich denke es mir so schön, euch die Laube zu zeigen und endlich einmal nicht schon bei der Begrüßung jede Minute bis zum Abschied kalkulieren zu müssen. Wir könnten ein Gespräch zu Ende führen. Wär das nicht verlockend? Ihr schlaft in der Stube, und Gert und ich kriechen im Dachraum bei den Kindern unter.

Im Zelt übernachten ... Schlafsack ... draußen bequem ... mehr Platz ... – Alle reden durcheinander.

Silvia hebt beide Arme. Ich glaub's euch ja! – Sie sagt nichts davon, wie froh sie jedesmal ist, wenn sie bei Einbruch der Nacht West-Berliner Pflaster unter ihren Sohlen weiß. Ein unbeschreibliches Glücksgefühl überkommt sie, sobald sie von Osten her den ersten Schritt im Westen tut. Dann scheint es ihr, als teile sich die Freiheit sogar der Atemluft mit. Was für eine Beruhigung, nicht hinter jedem Passanten in schwarzer Lederoljacke und mit Herrentäschchen einen Stasi-Beamten gewärtigen zu müssen, dessen Ziel es ist, sie zum Geldtauschen zu verführen und dann anzuzeigen. Ihre Augen erfreuen sich an ganz gewöhnlichen Dingen: Daran, daß selbst Nebenstraßen taghell erleuchtet sind, und das Licht von verschieden beschaffenen Laternen strahlt und nicht von Einheitspeitschenleuchten; daß die Reklame bunter und einfallsreicher ist; daß auf Litfaßsäulen für Konsumgüter geworben wird, statt daß sich politisch fragwürdige Propagandasprüche in Riesenlettern von Häuser- und Plakatwänden ins Bewußtsein drängen; daß sie hier keine Potemkinschen Dörfer vorfindet und die Gebäude unbesorgt auch von hinten betrachten kann. Der Anblick eines Uniformierten versetzt sie nicht mehr in Aufruhr; kurzum: Sie gewinnt das Gefühl von Sicherheit zurück, das ihr abhanden kommt, sobald sie den zweiten Staat auf deutschem Boden betritt.

Seit sie jeden Monat einen Überschuß erwirtschaften, haben Reinhard und sie, meist mit den Söhnen, interessante Auslandsreisen unternommen. In Frankreich, Italien und Spanien sind sie zuerst gewesen, später auch in allen nordeuropäischen Ländern, in England und den Benelux-Staaten, in der Schweiz und in Israel. Mit den Steglichs hat Silvia darüber nicht gesprochen. Sie hält es für taktlos, von der Adria zu grüßen, wenn der Empfänger nicht mal das Allgäu erreichen kann.

Reinhard legt Gabriele zurück in die mitgebrachte Babywippe. Eure Nummer sechs ist so lieb und zutraulich wie ihre fünf Geschwister, stellt er gerührt fest. Man muß euch zu der ganzen Schar beglückwünschen. Und noch etwas muß ich erwähnen: Ihr habt heute unsretwegen auf die Mark Brandenburg und auf eure Laube verzichtet. Glaubt mal nur, daß wir euer Opfer zu schätzen wissen.

Klang da etwa Spott an?

1975

Silvia schüttelt den Kopf. Nein, Gert, das mit dem Opfer hat Reinhard ernst gemeint. Ich empfinde euren Verzicht auf ein erholsames Wochenende genauso. Unser Besuch ließ sich leider nicht anders einrichten. Ich habe wegen Claudius den Jahresurlaub aufgebraucht und kann jetzt höchstens ab und zu einen Montag rausarbeiten. Durch Roberts Ferien bot sich dieses Wochenende für die längst fällige Berlinfahrt an.

Schon recht, Freunde. Hätte ich heute eine der beliebten Einladungen gehabt zum – er hüstelt künstlich – freiwilligen, unentgeltlichen, kollektiven Samstagsarbeitseinsatz ...

Mit einem Gesicht, als habe sie in eine Zitrone gebissen, ergänzt Agnes: Subbotnik genannt und 1919 in der UdSSR eingeführt, von wo ja bekanntlich alles kommt, was für die DDR gut ist.

... dann wären wir nolens volens auch hiergeblieben.

Klang da etwa Spott an? fragt diesmal Reinhard und sieht Gert und Agnes mit Unschuldsmiene an. Prustendes Lachen antwortet ihm. Ironie ist doch was Feines, konstatiert er. Sie empfiehlt sich hüben wie drüben als Patentrezept. Bei euch gegen staatliche Willkür, bei uns gegen die von den 68ern errichtete Gefühlszensur. Trinken wir auf die Ironiker aller Länder.

In Gerts Mundwinkel sitzt ein amüsiertes Lächeln. Auf daß sie sich vereinigen, sagt er und erhebt das Wasserglas. – Er klopft Robert auf die Schulter. In welcher Klasse bist du inzwischen, Musterschüler?

Nach den Ferien komme ich in die Neun, die Obertertia.

Ausgezeichnet. Berufswunsch schon klar?

Nein. Und bei Ulf? Robert wendet sich dem ein Jahr Älteren zu.

Der winkt nur ab.

Seine Mutter antwortet für ihn. Wir haben Ulfs Einsegnung hinausgezögert, bis er fünfzehn war. Denn wer sich konfirmieren läßt,

1975

muß die polytechnische Oberschule verlassen, darf kein Abitur machen und folglich nicht studieren. In Ulfs Fall war das ein schwieriger Entschluß. Bei Uta fiel er uns leichter, weil sie schon früh den Wunsch äußerte, Kinderkrankenschwester zu werden. Für den Beruf braucht sie kein Abitur. Die Ausbildung hat sie, wie ihr wißt, vor zwei Jahren in einer Klinik für geistig und körperlich Behinderte begonnen, die unter kirchlicher – sprich: westlich alimentierter – Trägerschaft steht.

Mutti, entschuldige, aber das war nun doch etwas anders. Ich hätte natürlich gern Abitur gemacht und wäre Kinderärztin geworden. Nur nicht um diesen Preis. Wir haben damals über die Folgen der Konfirmation gesprochen, und ich war mit euch der Meinung, daß es manchmal im Leben darauf ankommt, Farbe zu bekennen. Auch wenn es einem nichts als Nachteile bringt.

Überschrift: Die schwierige Kunst, kein halber Christ zu sein, mischt sich ihr Vater ein.

Weißt du, Vati, an manchen Tagen erscheint mir diese Kunst nicht nur schwierig, sondern unmöglich.

Wem sagst du das?

Silvia blickt voller Mitgefühl auf die befreundete Familie. Wenn ich so etwas höre, fällt mir Heines Lazarus-Gedicht ein: Warum schleppt sich blutend, elend,/ Unter Kreuzlast der Gerechte,/ Während glücklich als ein Sieger/ Trabt auf hohem Roß der Schlechte?

Reinhard nickt. Und zum Schluß heißt es wenig tröstlich: Also fragen wir beständig,/ Bis man uns mit einer Handvoll/ Erde endlich stopft die Mäuler./ Aber ist das eine Antwort?

Eine Weile herrscht betretenes Schweigen.

Uta streicht mit einem kühlenden Stift über ihre Stirn. Tante Silvia, du mußt geahnt haben, wie gut ich den auf Station gebrauchen kann,

1975

wenn's mal wieder so richtig rundgeht. Herrlich, wie der erfrischt! Nochmal danke.

Ulf entwendet seiner Schwester den Stift, benutzt ihn aber nicht, sondern schnuppert nur daran und gibt ihn dann zurück. Es sind nicht mal vierzig Grad im Schatten, Uta-Mimose. Stell' dir einfach den absoluten Tiefpunkt der Temperatur vor, das sind 273,15 Grad minus, dann macht dir dies bißchen Wärme knapp die Hälfte aus.

Der Kandidat kriegt einen Gummipunkt, stichelt Uta. Du solltest in der Wochenpost eine Tip-Rubrik einrichten: Fragen Sie Onkel Ulf; das Universalgenie weiß Rat.

Agnes tupft sich die Schweißperlen vom Gesicht. Sie kommt noch einmal auf das vorherige Thema zurück: Der Nachfolger des Pfarrers, von dem wir die Laube gekauft haben, hat sich an der schwierigen Kunst, kein halber Christ zu sein, gar nicht erst versucht.

Er kam aus Zeitz an der Weißen Elster, wirft Gert ein. Und noch ehe Silvia fragen kann, ob diese Tatsache für Eingeweihte bereits die Haltung des neuen Pastors erkläre, fährt er fort, dort laute eine kommunistische Ernteparole: Ohne Gott und Sonnenschein holen wir die Ernte ein.

Laß mich weitererzählen, sagt Agnes. Der Opportunist trat in die SED ein, schickte seine beiden Kinder in die FDJ und zur Jugendweihe und verzichtete dafür auf ihre Einsegnung. Als wir es erfuhren, haben wir die Kirchengemeinde gewechselt.

Robert, mein Freund, in solchen Zwiespalt gerätst du gottlob nicht. Du lebst, wie's so treffend heißt, on the sunny side of the street.

Das stimmt, Onkel Gert. Ich gebe zu, ich wüßte nicht, was ich anfangen sollte, wenn ich mich jetzt für einen praktischen Beruf entscheiden müßte. Ich hab keine Begabung für ein Handwerk.

1975

Ich schon, behauptet Ulf. Fragt sich nur, ob ein Handwerker mir eine Lehrstelle gibt. Der Staat schreibt ihm vor, als Lehrlinge nur überzeugte FDJler aus politisch einwandfreien Familien einzustellen. Verstößt er dagegen, muß er sich rechtfertigen. Ich bezweifle, ob das einer für mich täte.

Agnes schließt das Fenster und sagt mit gedämpfter Stimme: Gert steht in Verhandlungen mit einem Orgelbauer. Der Beruf wäre vielleicht etwas für Ulf. Ihr wißt ja, daß er gern Musiker werden wollte. Daraus ist nichts geworden, weil uns die Nachbarn anzeigten, sobald Ulf außerhalb der vorgeschriebenen Stunden musizierte.

Was sich gar nicht vermeiden ließ, denn zu den erlaubten Zeiten war ich in der Schule oder hatte andere Termine.

Warte ab, mein Junge, tröstet ihn sein Vater, noch ist nicht aller Tage Abend. Manchmal erweist sich ein Umweg nachträglich als Segen. – Zurück zum Orgelbauer. Er gehört zu der aussterbenden Rasse der Nun-gerade!-Selbständigen. Ich zolle jedem Respekt, er sei Bauer, Händler oder Handwerker, der die Nerven aufbringt, trotz massiver Anfeindungen und Benachteiligungen selbständig zu bleiben. Denn die Steuerlast ist auf Existenzvernichtung angelegt. Es sind die Fleißigsten ihres Standes, die sich nicht in die Kombinate oder Produktionsgenossenschaften pressen lassen. Wie sie das durchhalten, weiß kein Mensch. An Ersatzteile kommen sie auf direktem Wege überhaupt nicht ran. Bei den Warenzuteilungen werden die Kombinate bedient. Meist auch sie mehr schlecht als recht. Aber die Selbständigen gucken total in die Röhre. Mein Pferdemetzger arbeitet ausschließlich mit Gerät aus den dreißiger Jahren. Und mein vierundachtzigjähriger Lieblingsbäcker in der Nähe unserer Laube, dessen Fünf-Pfennig-Schrippen sich wohltuend von den Kaufhallen-Gummibrötchen unterscheiden, und dessen Brot Manna ist verglichen mit den zwei Einheitssorten, die Konsum und Kaufhalle uns zumuten

...

Zwei Apfelsinen im Jahr / und zum Parteitag Bananen, singen Uta und Ulf lachend im Duett als Parodie auf den Schlager Zwei Apfelsinen im Haar.

Jaja, aufs Vergackeiern versteht sich der Berliner, kommentiert Gert die Gesangseinlage seiner Kinder. Also, der Methusalem unter den Bäckern, von dem ich sprach, benutzt nach wie vor die hundertmal reparierte Knetmaschine seines Vaters und Backöfen von vor dem Krieg.

Wolltest du nicht auf den Orgelbauer zu sprechen kommen?

Was ich vorausgeschickt habe, gehörte zwar zum Thema, liebe Agnes, aber du hast recht, ich bin mal wieder zu weitschweifig. – Also, der Orgelbauer hat einen Araberhengst, für den er notfalls hungern würde, ein Islandpony und einen reinrassigen Schäferhundrüden. Deutlicher brauche ich wohl nicht zu werden.

Reinhard gießt sich frisches Wasser ein. Du meinst, als Herr über zwölf kostbare Läufe sei er gut beraten, sich mit einem Tierarzt gutzustellen, der ihm zu Dank verpflichtet ist?

Gert nickt. Der Orgelbauer besitzt das Parteibuch. Aber er ist alles andere als ein linientreuer Marschierer. Er windet sich durch, wie es viele tun. Unter vier Augen erwähnte er mal, in diesem Land müsse man eben Kompromisse machen; was er wirklich denke, brauche er nicht jedem auf die Nase zu binden; die Gedanken seien ja zum Glück noch frei. – Einmal muß er sich allerdings nicht mit dem Denken begnügt haben. Neulich erzählte er mir nämlich, die Genossen hätten ihn aus dem Elternaktiv ausgeschlossen.

Was hab ich mir darunter vorzustellen? fragt Silvia.

1975

Einen Zusammenschluß von fünf oder sechs Eltern einer Klasse, die sich regelmäßig treffen, um Probleme durchzukauen.

Oder welche zu schaffen.

Sehr wahrscheinlich, Agnes. – In diesem erlauchten Kreis, so der Orgelbauer, der sich übrigens gern in gehobener Sprache ausdrückt, habe er sich darüber mokiert, daß Zweitkläßler das Lied „Soldat, greif zur Waffe" singen müßten, und seinem Sohn im Sportunterricht das Granatenwerfen benotet werde. In der neunten Klasse folge dann der Wehrunterricht. Er frage sich, wie es mit dem häufig bemühten Begriff „friedliebend" zu vereinbaren sei, daß die Kinder in der DDR von klein auf mit Gewalt konfrontiert würden. Disziplin, Ehre und Tapferkeit würden im eigenen Land idealisiert, während man die gleichen Eigenschaften bei andern lächerlich mache.

Wißt ihr, wie ein Großteil der Lehrer die überwiegend den Jungen Pionieren angehörenden Schüler begrüßt? Ohne eine Antwort abzuwarten, steht Ulf stramm und brüllt: Seid bereit!

Uta und Dorothea entgegnen, wie sie es in der Klasse gelernt haben: Immer bereit!

Jajaja, sagt Gert. Es ist einfacher, die tägliche Bereitschaftserklärung für die Ziele des Kommunismus' und die Erringung der Herrschaft des Proletariats wiederzukäuen, als den Kindern das Rechnen und Schreiben beizubringen.

Agnes öffnet den Fensterflügel wieder und späht vorsichtig hinaus. Bei Priesnitz' riecht's nach Erichs Krönung, meldet sie im Flüsterton. Da fällt mir ein, ich habe noch nicht erwähnt, daß man statt „Ersatz" jetzt einfach „Rondo" sagt.

Und wie bildet ihr das Verb? möchte Reinhard wissen. Vielleicht so: Er rondot mir den entstandenen Schaden.

1975

Sehr schön, findet Agnes. Ich hatte in Pankow eine Tante zu wohnen, die sagte statt „ich fege" grundsätzlich „ich bese" und statt „anziehen" „kleidern" und, je nachdem, worin sie las: „Störe mich nicht, ich buche" oder „ich hefte" oder „ich gebrauchsanweise". Als Kind gefielen mir solche Verrücktheiten kolossal.

Bei Reinhard hättest du die jeden Tag. Wenn alle Stricke reißen, knüpf ich mich auf – – solche Sätze produziert er. In den Märchen, die er unsern Söhnen früher erzählte, hießen die Frauen Angina Pectoris oder Viola da Gamba und die Männer Paul Inchen oder Kurt Axe. Als wir deinen ersten Brief erhielten, Agnes, war eine Zeile geschwärzt. Ich fragte Reinhard, was dort wohl gestanden haben mag. Seine Antwort: das Strahlende. Ob ich vergessen hätte, daß Schiller gesagt habe: Es liebt die Welt, das Strahlende zu schwärzen.

Die Steglichs lachen Tränen.

Reinhard grient. Na und? Angestellte Übersetzer müssen dreihundert Zeilen je Arbeitstag beziehungsweise dreihundert Wörter je Stunde leisten. Wenn die armen Hunde nach Hause kommen, ist ihr Motor noch heiß und liefert Ein- und Aus- und Zu-Fälle.

Die Un-Fälle hast du vergessen, foppt ihn Silvia und geht zur Tür. Von dir, Agnes, bekäme ich jetzt gern deine größte Schüssel, außerdem bitte, wenn's geht, eine dicke Zeitung, damit isolieren wir die Kälte. Komm, Christianchen, wir setzen den Zwangsumtausch in Eis um.

Au ja, freut sich die Kleine und versucht, der Tante zuzuzwinkern. Als es nicht gelingen will, hält sie sich ein Auge zu und blinzelt heftig mit dem andern.

Ihre ältere Schwester fragt zweifelnd: Reicht denn das für alle?

Silvia streicht ihr übers blonde Haar. Das wird es ganz gewiß, Dorothea. Allerdings hätte ich von November 1973 bis Dezember 1974 mehr umzusetzen gehabt. Da mußte Tante Silvia in Ost-Berlin statt sechs Mark fünfzig pro Person und Tag dreizehn Mark umtauschen. Ein Tag in der Rest-DDR kostete sogar zwanzig Mark pro Nase. Das hätte schon fast einen Eisberg gegeben.

Die nehmen auch D-Mark, zieht Gert sie auf.

Ha! macht Agnes. Auch? Daß ich nicht lache. Mit DDR-Geld kriegst du die Grundnahrungsmittel. Durch Subventionierung sogar äußerst billig. Zugegeben. Aber alles, was ein bißchen nach was aussieht, ist nur gegen harte D-Mark zu bekommen. Habt ihr die dickköpfige Heuchelei eigentlich mitgekriegt, daß unsere Banknoten seit September letzten Jahres nicht mehr die Währungsbezeichnung „Mark der Deutschen Notenbank", sondern „Mark der DDR" tragen?

Ich hab's gelesen, sagt Reinhard.

Und was sagst du?

Am liebsten nichts. Höchstens Fritz Teufels Moabiter Bemerkung: Wenn's denn der Wahrheitsfindung dient ...

Gert stößt die Babywippe mit dem Fuß an. Sie suchen sie doch überhaupt nicht, die Wahrheit.

Wenn die könnten, meint Ulf, hätten sie uns spätestens 1971 beim Wechsel von Ulbricht – er spricht den Namen mit Fistelstimme aus – zu Honecker eine eigene Sprache verordnet. Nummernschilder und Banknoten heben sich ja nun schon deutlich von denen unserer Feinde im imperialistischen Ausland Bundesrepublik Deutschland ab. Wie müssen die Genossen unter der gemeinsamen Sprache leiden?!

Reinhard mimt Empörung. Ts-ts-ts, Ulf! Mit solchen zersetzenden Reden wirst du es im Marxismus-Leninismus schwerlich weit bringen.

Das steht zu fürchten, bestätigt Gert. Der Junge ist erblich belastet. Familienerziehung gilt in der DDR als staatsbürgerliche Aufgabe, deren Erfüllung sozialistisches Bewußtsein voraussetzt, an dem es mir

1975

bekanntlich gebricht. Eltern müssen sich an den Vorgaben des FGB und der anderen einschlägigen Gesetze orientieren. Seht ihr, und da versagt Vatern schmählich.

Du versagst nicht, berichtigt ihn Reinhard. Du versagst *dich*. Und dafür gebührt dir ein Ehrenkreuz. Eines Tages wird man es dir anheften.

Gewiß. Am Sankt-Nimmerleins-Tag.

✱

Das war aber dufte von dir, Tante Silvia, nämlich, daß du mich nicht verpetzt hast. Mutti schümpft, wenn ich bettle.

Silvia lächelt. Während Christiane auf ihrem Schoß saß und sich mit dem Zeigefinger Kringel auf den Rücken malen ließ, hat sie immer mal wieder ihren dunklen Schopf zurückgebeugt, sie mit ihren braunen Knopfaugen eindringlich angeschaut und zunehmend ungeduldig zwei einsilbige Wörter gewispert: Eis? Ja?

Na, kleine Tüpfelhyäne? Läßt du dich mal wieder kraulen, bis der Tante Silvia der Arm lahmt? hat ihr Vater mit hochgezogenen Augenbrauen gefragt.

Ich bitte dich, Gert! hat sich Silvia entrüstet. Du wirst das Püppchen nicht mit einem Raubtier vergleichen wollen.

Gert beharrt darauf, Christianes Blick erinnere an eine junge Tüpfelhyäne. Silvia wisse offenbar nicht, wie niedlich diese Gattung sei.

Zwar mögen bei einem Veterinärmediziner Vergleiche mit der Tierwelt naheliegen, aber was sich Gert in dieser Beziehung zuweilen leistet, geht den Besuchern nun doch zu weit. Nach zehn Jahren Bekanntschaft erlauben sie sich zu protestieren.

1975

Ist es wahr, Tante Silvia, daß drüben allet bunt ist, sogar die Pantoffel und die Ascheimer?

Wer sagt das, Christianchen?

Die Westfernsehen gucken.

Zum Beispiel wer?

Simone. Das ist meine liebste Freundin.

Ja, es gibt Pantoffel so bunt wie Ostereier, sogar welche, die lustige Tiergesichter haben mit Schnurrhaaren und Kulleraugen. Aber unsere Mülleimer sind normalerweise aus Zink, dann sehen sie aus wie das alte Badefaß, worin ihr an der Laube den Regen auffangt. Mutti hat es mir auf einem Foto gezeigt.

Simone sagt aber, es gibt bei euch bunte Ascheimer.

Das mag ja sein. Vielleicht waren die schäbig geworden, und jemand hat sie angestrichen. – Christianchen, sag bloß nicht mal aus Versehen zu fremden Leuten, daß irgendwas im Westen besser sei als hier, sonst lädst du dir den Teufel auf den Hals.

Das weiß ich doch schon tausendhundert Jahre! Ich kenne sogar schon das schwere Wort.

Welches schwere Wort, Kindchen?

Na, zweejleisich eben.

Zweigleisig, staunt Silvia. Erklärst du mir das?

Christiane bleibt stehen und mustert die Tante von oben bis unten. Das weißt du nicht? Hm. – Also, paß auf. Zur Mutti sag ich: Simone hat einen gaaanz dollen bunten Gummiball aus'n Westen jekriegt, der springt bis an'n Himmel. Und wenn die Priesnitz aushorchen kommt oder die Schulzen von unter uns, na, denn sag ich: Det is 'n oller doofer Plasteball mit ekligen Farben, Mist aus'n Westen, der rollt bloß und hüpft keen bißchen. – Det is zweejleisich. Weeßtet nu?

1975

Silvia verbeißt sich das Lachen. Ja, Christiane, jetzt hab ich's begriffen. Ich bin eben dummer als du.

Aber nur ein bißchen.

Wir wollen's hoffen.

Duhu? Kosten die bunten Pantoffeln mit 'n Tierjesicht ville?

Ziemlich viel. Welche Farbe hättest du denn gern?

Is mir egal. Nur nich rot. Rot können wir übahaupt nich leiden. Weeßte, nämlich die Partei hat rote Halstücher und rote Fahnen und rote Buchstaben ...

Silvia schaut sich verstohlen um. Jaja, Schätzchen, ich weiß. Hör zu, ich sehe daheim nach, ob ich noch genügend Geld habe. Wenn ja, bekommst du die bunten Pantoffel spätestens im Dezember zum Geburtstag. Möchtest du ein Paar mit Hasen-, Hunde-, Katzen- oder Mausegesicht?

Eins, wo ich drüber lachen muß. – Darf ich mal die Schüssel tragen?

Wenn du gern möchtest. Aber sei vorsichtig, sie ist aus Glas.

Während Silvia vor dem Eiscafé in der Schlange steht, überkommt sie ein Gefühl der Dankbarkeit, das sie mit solcher Macht seit Claudius' Genesung nicht mehr empfunden hat. Ihre Söhne müssen nicht in jungen Jahren Entscheidungen von unermeßlicher Tragweite treffen und das Lavieren beherrschen, kaum daß sie lesen und schreiben können. Sie brauchen nicht zu befürchten, in der Schule vor eine Konfliktkommission zitiert zu werden, sobald sie etwas in Frage stellen. Robert und Claudius dürfen frei aussprechen, was sie denken. Takt und Anstand markieren ihre Grenzen. Um Richtlinien, die eine Partei erläßt, brauchen sie sich nicht zu scheren. Ihnen muß nicht zum eigenen Schutz und dem der Familie schon mit viereinhalb Jahren klar sein, was der Begriff zweigleisig bedeutet.

Wenn die Steglichs vor ihren Kindern über die Zustände im Lande reden, wird es Silvia abwechselnd heiß und kalt. Sie persönlich würde nicht eine Sekunde vergessen, daß selbst die harmloseste Kritik bestraft wird, wenn sie nur den richtigen Leuten in den falschen Hals gerät. Woher nehmen die Steglichs die Gewißheit, daß nicht eines der Kinder sie am verkehrten Ort zitiert? Aus Erzählungen weiß Silvia, was sich während der Nazizeit in manchen Familien abspielte. Politische Meinungsverschiedenheiten erzeugten Spannungen, die wurden immer unerträglicher, führten in zahllosen Fällen am Ende zum Verrat und rissen Ehepaare auseinander oder Eltern und ihre Kinder. Wie sie Lebensberichten in allen Medien entnehmen kann, spielen sich solche Dramen bis auf den heutigen Tag überall ab, wo Menschen in Diktaturen leben müssen.

Als Agnes und Gert vorhin über die Konsequenz der Konfirmation berichteten, hat Silvia sich gefragt, ob sie an Steglichs Stelle genauso standhaft wäre, auch wenn das Festhalten am Glauben für ihre Söhne den Verzicht auf berufliche Chancen bedeuten würde. Wohl kaum, gesteht sie sich ein. Warum sie in dieser Beziehung schwächer ist als ihre Freunde, kann sie nicht gleich ergründen. Auf der Suche nach der Antwort kommt ihr der Gedanke, daß einige wenige Menschen mit besonders sensiblem Gewissen vielleicht erst unter dem Druck einer Gewaltherrschaft religiös Flagge zeigen, während sie in einer Demokratie eher zur Gleichgültigkeit neigen.

Sich selbst muß sie in Glaubensfragen zu den Wankelmütigen zählen. Für sie ist Frömmigkeit eine ausschließlich private Angelegenheit. Gewiß, seit ihrer Kindheit betet sie in Zeiten der Angst und Not, zuweilen auch in Stunden großen Glücks. Aber sie hat nicht das

1975

Bedürfnis, darüber mit irgendwem zu reden oder gar mit diesen Dingen hausieren zu gehen. Vielleicht nimmt Religion in ihrem Leben nur darum keinen zentralen Raum ein, weil ihr niemals eine Entscheidung für oder gegen den Glauben abverlangt worden ist. Bei Dichtern und Philosophen steht geschrieben, daß ein glückliches, ungefährdetes Leben einzig für den Leib heilsam sei. Erst erfahrenes Leid schaffe Tiefe der Empfindung und bringe Geisteskraft zur Entfaltung. Wenn das stimmt, sinnt sie, dann sind Agnes' und Gerts Charaktere durch erlittenes Unrecht und widrige Lebensumstände fest geworden.

Mit Reinhard hat sie vor zwei Jahren anläßlich Utas Schulabgang über die Einstellung der Steglichs gestritten. Sie kannten Utas gute Zensuren, darum bezeichnete Reinhard es als Schande, das Mädchen von der Schule zu nehmen. Er ist der Meinung, Agnes' und Gerts Haltung sei nur dann zu respektieren, wenn die beiden keinen Nachwuchs hätten. Eltern spricht er das Recht ab, ihren Kindern die berufliche Zukunft zu verbauen. Silvias Einwand, damit rede er den Mitläufern das Wort und ergreife die Partei der Glaubensverräter, läßt er nicht gelten. Mein Leben, hört sie ihn brüllen – und hat noch genau vor Augen, daß er sich dabei erregt vor die Brust tippte, als stäche er auf sich ein –, darf ich mir zerstören lassen. Unbeugsamkeit ehrt mich und bewahrt mir unter Umständen den aufrechten Gang. Daß das klar ist: Als Lediger wäre ich auch bei den Widerständlern, unter den Braunen wie unter den Roten. Aber nicht als Familienvater, begreifst du? In meiner heutigen Lage müßte ich mit Rücksicht auf meine Söhne taktieren. Ich würde um ihretwillen diplomatisch sein. Das hat nichts mit Umfallen zu tun, aber eine Menge mit der Verantwortung, die ich übernehme, sobald ich Kinder habe.

1975

Reinhard äußert sich gegenüber seiner Frau gern kritisch über Agnes und Gert. Dann stellt er anzügliche Fragen wie diese: Ob ihr noch nicht aufgefallen sei, daß die Steglichs sich für die Probleme ihrer Freunde nicht die Spur interessierten. Gert nehme es längst als selbstverständlich hin, daß sie ihm für die Klinik spezielles Fotokopierpapier besorgten und sogar Werkzeug handfertigen ließen. Allein für die Ahle hätten sie bekanntlich mehr bezahlen müssen als für die Fahrzeugkosten eines ganzen Monats. Und das alles geschehe nur, um Gerts schwierige Lage zu erleichtern und ihn dort, wo es möglich sei, weniger abhängig von der Willkür seiner Vorgesetzten zu machen. Sie, die verwöhnten Westler, hätten nämlich noch nicht verlernt, sich in andere Menschen hineinzuversetzen. Ob es da nicht der Anstand gebiete, daß die Steglichs sich auch mal nach ihren Berufen erkundigten. Aber mit Problemen, die ja vielleicht auch eine westliche Fotografin oder ein westlicher Übersetzer hin und wieder haben könnten, wollten sie sich um nichts in der Welt belasten. Sie seien ausschließlich mit sich selbst beschäftigt. Silvia müsse zugeben, daß das eine etwas einseitige Freundschaftsbeziehung sei.

In Anwesenheit der Freunde enthält er sich jeder persönlichen Attacke. Er verzichtet sogar auf die sonst üblichen Spitzen und hat, was Silvia mit dankbarer Erleichterung registriert, noch kein einziges Mal die Beherrschung verloren.

Zu Beginn der siebziger Jahre hat Silvia ohne Reinhards Wissen, schlotternd vor Angst, einen Rilke-Gedichtband auf der nackten Haut nach Ost-Berlin geschmuggelt. Eine weniger spektakuläre Form des Transports ist nicht mehr infrage gekommen, nachdem mehrere Buchsendungen konfisziert worden waren, ganz gleich, ob es sich um harmlose Kinderreime oder Weltliteratur handelte. Den Steglichs fehlt

1975

das Geld für alles, was nicht unmittelbar zum Lebensnotwendigen zählt. Und selbst da hapert es zuweilen. Silvia schneidet es ins Herz, wenn die Steglich-Kinder bei Tisch vor die Wahl gestellt werden: Butter oder Marmelade, Butter oder zwei markstückgroße Scheiben Blutwurst. Schnittkäse und Frischwurstaufschnitt fehlen auf dem Speisenplan gänzlich. Als Silvia bei einem ihrer Besuche eine Auswahl Käse mitbringt, zeigt es sich, daß keiner in der Familie jemals eine dieser Sorten gekostet hat, Roquefort aus Frankreich nicht, Gruyère nicht und ebensowenig den anderen Schweizer mit den großen Löchern.

Mit wertvollem Lesestoff sind sie deutlich unterversorgt. Im Schrank stehen Sachbücher, tiermedizinische Fachliteratur und Geschichtsbücher, keine Belletristik und kaum ein Dutzend Bände mit Werken der Weltliteratur. Zumindest Agnes leidet unter diesem Mangel. Sie liebt Poesie, besonders Lyrik, und besitzt nur ein zerlesenes Exemplar mit Gedichten vom Mittelalter bis zur Goethezeit. Die umfangreiche Bibliothek ihrer Eltern – der Vater war Altphilologe – hat der Krieg zerstört.

Darum ist Agnes über Silvias Buchgeschenk vor Freude außer sich. Sie vergißt die Welt um sich her und liest sich fest. Irgendwann an diesem Besuchstag kommt sie in Tränen aufgelöst vom Klo, tippt auf das Gedicht vom Panther und ruft erregt aus: So habe ich das Zuchthaus erlebt, Silvia, genau wie der Panther seinen Käfig! Hör dir diese Worte an: Sein Blick ist vom Vorübergehn der Stäbe/ so müd geworden, daß er nichts mehr hält./ Ihm ist, als ob es tausend Stäbe gäbe/ und hinter tausend Stäben keine Welt. – Und das hier, Silvia: Nur manchmal schiebt der Vorhang der Pupille/ sich lautlos auf. Dann geht ein Bild hinein,/ geht durch der Glieder angespannte Stille/ und hört im Herzen auf zu sein.

1975

Was ist das für ein Mensch, denkt Silvia, was für eine außergewöhnliche Frau, die ihr jahrelanges Eingesperrtsein wie das Vegetieren eines Panthers im Käfig empfunden hat, und immer noch Kopf und
Kragen riskiert?

Zwischen diesem Gedanken und der Frage, was die Leute von ihr
wollen, die um sie herumstehen, klafft in Silvias Erinnerung eine Lücke.
Sie hört jemanden sagen, man müsse einen Arzt verständigen. Die
Worte dringen nur mühsam in ihr Bewußtsein. Es dauert, bis sie das
Gehörte mit sich in Verbindung bringt. In ihren Ohren rauscht es wie
früher bei den Vollnarkosen, kurz bevor ihr die Sinne schwanden. Das
Rauschen wird allmählich schwächer, dafür stellen sich heftige
Kopfschmerzen ein. Ihr altbekanntes Leiden meldet sich zurück.
Diesmal hilft es ihr, sich zurechtzufinden.

Sie kurbelt ihr Gedächtnis an: Sommertag, Ost-Berlin, Kreislauf-
kollaps, Ohnmacht; zählt: sieben, vierzehn, einundzwanzig, achtundzwanzig und so weiter. Die grauen Zellen arbeiten noch. Versuchs-
weise hebt sie den Kopf. Ein wenig nur, der Schädel ist nicht aus Holz,
wie ihr soeben bewiesen worden ist. Sie liegt im Eiscafé zwischen
Gestühl und Theke und wundert sich, daß sie im Schatten und nicht
draußen in der Hitze umgefallen ist. Zweimal müht sie sich vergeblich,
aufzustehen. Hilfsbereite Arme strecken sich ihr entgegen, und sie
kommt auf die Beine. Noch dreht sich ein Karussell in ihrem Kopf, und
ihre Knie sind wacklig wie Marionettenbeine. Jemand schiebt ihr einen
Stuhl unter. Jetzt geht's besser. Sie weiß wieder, daß sie
hergekommen ist, um für allemann Eis zu besorgen, und zwar zusammen mit Muttis Hutzelmännchen, Vatis junger Tüpfelhyäne ...

1975

Erschrocken springt sie auf. Christiane! Um Himmels willen, wo ist das Kind? Sie will zum Ausgang. In diesem Augenblick führt jemand die Kleine herein. Weinend steht sie vor ihr.

Die Schüssel, Tante Silvia, icke ...

Du hast die Glasschüssel fallen lassen?

Statt einer Antwort heult Christiane herzzerreißend auf.

Silvia nimmt das Kind in den Arm. Dabei lehnt sie sich zur Vorsicht mit dem Rücken an die Wand, denn der Blutdruck ist noch arg im Keller. Nicht weinen, Schätzchen, es wird alles wieder gut. Wir besorgen eine neue Schüssel. – Als sie endlich sicher auf den Beinen steht, bedankt sie sich bei den hilfsbereiten Menschen und behauptet, sie sei nun wieder in Ordnung und benötige keinen Arzt mehr. Die Hitze habe sie vorübergehend außer Gefecht gesetzt. Ob sie jemandem Telefonkosten schulde. Als geklärt ist, daß bisher niemand angerufen hat, erkundigt sie sich beim Personal, wo sie jetzt, am Samstag nachmittag, ein großes Gefäß kaufen könne. Gegen D-Mark West, fügt sie vorsichtshalber hinzu.

Eine Kundin drängt sich an ihre Seite. Bei ihr zu Hause stehe fast die gleiche Glasschüssel wie die zu Bruch gegangene. Der Kellner habe die Scherben zusammengefegt, da habe sie die Art des Glases gesehen. Wenn die Dame warten wolle, werde sie die Schüssel holen; sie wohne in der Nähe.

Silvia ist einverstanden. Sie nutzt die Zeit, um im Waschraum Christianes Tränenspuren zu beseitigen, Schmerztabletten einzunehmen, ihr Make-up aufzufrischen und die derangierte Frisur in Ordnung zu bringen. Der lindgrüne Rock mit den aufgedruckten Wiesenblumen und die cremefarbene Spitzenbluse haben erstaunlicherweise keinen Schaden genommen.

1975

Die Schüssel ist dann zwar aus billigem Preßglas, aber Silvia steht der Sinn nicht nach Feilschen. Das hat nichts mit der Hitze zu tun und auch nichts mit ihrem schmerzdröhnenden Kopf. Es bereitet ihr seit jeher Freude, großzügig zu sein. Nicht immer hat sie sich Generosität leisten können. Inzwischen geht es ihr wirtschaftlich leidlich. Besser jedenfalls als vor zehn Jahren. Warum sollte davon nicht auch einmal eine unbekannte Landsmännin profitieren?

Ihre Haltung scheint Eindruck gemacht zu haben. Zumindest auf eine Person wirkt die Gebefreudigkeit ansteckend: Die Bedienung packt unaufgefordert vier Waffelhörnchen zum Eis.

Christianes Tränen sind längst versiegt. Aber die Furcht vor der Strafpredigt steht ihr noch ins Gesicht geschrieben. Kleinlaut tritt sie neben der Tante den Heimweg an.

Schätzchen, ich mache dir einen Vorschlag. Du erzählst nicht, daß mir schwindlig geworden ist, denn das würde nur unnötig für Aufregung sorgen, und zum Dank dafür nehme ich die zerbrochene Schüssel auf meine Kappe.

Für wenige Sekunden hellt sich das Gesicht auf, dann werden dem Kind die Folgen einer solchen Abmachung klar. Wenn du sagst, du hast die Schüssel zerknallt, dann ist das doch aber gelogen. Man darf nicht lügen.

Du hast recht. Aber ich glaube, daß mir der liebe Gott eine Notlüge verzeiht. Was meinst du?

Klar, macht er. Aber nur, wenn man ihn bittet. Soll ich?

Ach nein, besser nicht hier auf der Straße. Warte, bis wir zu Hause sind. – Christianchen, du hast mir vorhin erklärt, was zweigleisig bedeutet. Überleg' doch mal: Wenn du denselben Ball bei deiner Mutti in den Himmel lobst und bei Frau Priesnitz oder bei Frau Schulze schlechtredest, ist das dann nicht auch eine Notlüge?

Nee. Und nach einer Weile mit Nachdruck noch einmal: Nee.

Woher weißt du das so bestimmt?

Na, sonst hätt' mir längst 'n Blitz jetroffen. Für zweejleisich hab ick doch noch nie zum lieben Gott jesagt, er soll mir verzeihn.

Wer redet dir denn so einen Unsinn ein? Gott straft doch nicht mit einem Blitzschlag. Kindchen!

Hat Simone aber jesagt.

Dann irrt sich deine liebste Freundin ausnahmsweise.

Christiane kommt nicht mehr zum Antworten. Sie schlägt sich vor den Mund und stammelt: Au...auweia, d...die Mutti.

Es schickt der Herr den Jockel aus. – Herrje, Agnes, das mußte aber wirklich nicht sein, daß du nun auch noch durch die Bruthitze läufst.

Reinhard hat auch schon den Jockel zitiert. Aber das ist es nicht. Ich bin auch nicht aus Jokus los. Ich wurde mit einemmal so unruhig. Mir war, als wäre was passiert.

Leih mir deinen sechsten Sinn. Die Schüssel ist zu Bruch gegangen, und ich bin schuld daran. Ungeschick läßt grüßen. Aber ich verspreche dir, du bekommst sie ersetzt.

Agnes zeigt auf das Paket in Silvias Hand. Hast du da nicht schon Ersatz?

Billiges Preßglas. Ich bringe dir bei meinem nächsten Besuch echten Ersatz mit. Auch wenn echter Ersatz ein Widerspruch in sich ist.

Wenn schon. – Kinder, wie giere ich nach dem Eis. Mir hängt die Zunge schon hier. Sie zeigt auf ihr Kinn.

Das geht mir genauso. Obwohl ich für den Genuß immer eine Mahlzeit auslassen muß. Eis ist eine Kalorienbombe. Sei froh, daß du die Sorge ums Gewicht nicht kennst.

1975

Dafür hab ich andre. Wenn Gabriele eingeschult wird, dann bin ich sechsundvierzig. Kannst du dir vorstellen, was in mir vorgehen würde, wenn ich eine ihrer Klassenkameradinnen sagen hörte: Da kommt deine Omi.

Du wirst in sechs Jahren noch die gleiche mädchenhafte Figur haben. Kein Mensch wird dich für Gabrieles Oma halten.

Gibst du mir die Schüssel mal, damit ich mich damit etwas abkühlen kann? – Die Figur, liebste Silvia, kaschiert mein Alter nur, wenn man mich von hinten oder von weitem sieht. Ich mache mir da keine Illusionen. Mein Blond verdankt sich heute schon nur noch dem barmherzigen Wasserstoffsuperoxyd. Frag mich bloß nicht mal in Gerts Gegenwart, wie ich an die Chemikalie rankomme. Er weiß nicht, daß ich mein Grau in Blond verwandele. Und gegen die Falten ...

Jetzt hör aber auf, Agnes! Was ist denn los mit dir? Bevor Gabriele geboren wurde, klangst du ganz anders. Mit jeder Schwangerschaft verringere sich die Gefahr, an Krebs zu erkranken, sagtest du. Jedes Baby bedeute geschenkte Jugend. – – Das waren andere Töne als heute. Was ist inzwischen passiert? Der Sinneswandel rührt doch nicht von nix her.

Christiane greift zaghaft nach Silvias Hand. Zankt ihr euch nu?

Aber nein! Mutti und ich streiten niemals. Wir unterhalten uns temperamentvoll.

Agnes zuckt die Schultern. Sinneswandel? Vielleicht nur späte Einsicht. Meine Biographie ist schuld daran, daß ich längst gewonnene Erkenntnisse verdrängt habe, solange es ging. Du erfüllst deine Pflicht, du mühst dich ab, du ... du funktionierst, ja, das trifft es genau: du funktionierst. Und dann kommt der Tag, an dem du feststellst, daß du dich überschätzt hast. Du hast dich totgeteilt, verstehst du? Nichts geschieht für dich. Du bist wie ein Gefäß, aus dem alle schöpfen. Na, wunderbar. Solange du etwas sehr Wichtiges nicht vergißt: das Auffüllen. Ich habe versäumt, beizeiten dafür zu sorgen.

Sie wechselt mit Rücksicht auf das Kind kurz ins Englische und fährt auf Deutsch sehr leise fort: Mein Mann ist total ausgelaugt. Bei ihm kann ich keine Hilfe mehr erwarten. Ich mache mir langsam Sorgen. Im Beruf wird ihm mehr abverlangt als jedem andern; den Grund kennst du. Seine Freizeit geht drauf mit lächerlichem Kram, vor allem mit Hamstern. Man könnte denken, wir lebten noch in den vierziger Jahren. Bei einem Koch organisiert er ab und zu eine Schlangengurke. Lach nicht. Und dann ist da die Verbindung zum alten Pferdemetzger. Der Nutzen, den wir aus der Symbiose ziehen, ist gering, gemessen an dem zeitlichen Aufwand. Bei der Leiterin eines Altersheimes bezieht er Kirschen, Äpfel und Pflaumen. Die wecke ich ein. Dafür beschafft er ihr Kaninchen und einmal im Jahr zum Sommerfest ein Spanferkel. Wenn es euch nicht gäbe, Silvia, müßte er auch noch für Konfirmationsgarderobe, ja sogar für haltbare Schnürsenkel, gute Seife, Schaumbad, Duschmittel, vernünftige Zahncreme und was weiß ich sonst noch über Land ziehen.

Brrr, unterbricht Christiane ihre Mutter ungeduldig. Ick weeß schon, wenn du zu Vati so wat sagst, denn jeht ihr weg.

Siehst du's nun, Silvia? Als Mutter von sechs Kindern stehst du unter ständiger Überwachung. Du mußt dich für alles rechtfertigen. Nicht eine Stunde gehört mehr dir. – Sie stupst ihre Zweitjüngste mit der Eisschüssel an. Man sollte dir die Löffel mit Watte zustopfen.

Un wat is mit de Oogen?

Silvia platzt los. Den Satz mußt du einrahmen, Agnes. Noch nicht fünf Jahre auf der Welt, und schlagfertig wie ein Alter.

1975

Eine rotzfreche Göre ist sie. Und wie sie wieder berlinert hat. Das wagt sie nur bei mir. Genau wie Dorothea. Wenn Gert in der Nähe ist, sprechen sie reinstes Hochdeutsch, die raffinierten Äser.

Silvia zwinkert ihrer kleinen Begleiterin zu. Hauptsache, du weißt, wie es richtig heißen muß, nicht wahr, Christianchen?

Wir sind da, juhu, nu jibt's Eis, juhuuu!

Im Fahrstuhl raunt Agnes ihrer Freundin zu: Denk dir mal, zwei Sportfunktionäre waren bei uns. Sie wollen uns Dorothea wegnehmen.

Wegnehmen? wiederholt Silvia ungläubig. Und das sagst du erst jetzt?

In ein Sportinternat wollen sie das Kind stecken. Kommt nicht infrage, hab ich ihnen gesagt. Die beiden Kerls blieben ganz manierlich. Wir sollen nochmal drüber nachdenken. Dorothea sei eine gute Turnerin. Angeblich überdurchschnittlich begabt. – Na, die Kader müssen für Nachwuchs sorgen, was denkst du? Aber den bekommen sie nicht von uns, das schwöre ich dir. Eher geh ich nochmal ins Zuchthaus, als daß ich denen mein Kind überlasse.

Aber sie können euch doch nicht zwingen.

Ich hatte einen älteren Bruder, nordischer Typ, gutaussehend, intelligent. Den haben die Nazis ohne das Einverständnis meiner Mutter in eine Parteischule gebracht.

Dann sag den Kommunisten, die Faschisten hätten sich in deiner Familie bereits bedient. Das müßte doch wirken.

Am meisten gibt mir zu denken, daß sie das Mitglied einer Familie erwählen, die sie als Staatsfeind betrachten. Sie kennen unsere Akte und müßten wissen, daß wir auf ihre Gunst pfeifen, vornehm ausgedrückt. Ich habe den Verdacht, es geht ihnen gar nicht um Dorothea. Sie wollen uns bewußt provozieren, um uns wieder mal abstrafen zu können. Vielleicht brauchen sie unsere Wohnung für einen verdienten Bolschewiken.

Oder Dorothea ist eine potentielle Medaillenanwärterin. Um sie für die übernächste Olympiade fitzumachen, nehmen die Funktionäre sogar die Auseinandersetzung mit euch in Kauf.

Glaub ich nicht.

Ja, wo bleibt ihr denn? Reinhard steht vor der Fahrstuhltür und klatscht rhythmisch in die Hände. Nun aber mal flott, meine Damen. Wohl wieder festgetratscht, wie? Und in der Wohnung hoffen Scharen von Hitzeopfern auf Erquickung.

4. Oktober 1975

Meine liebe Silvia!

Der obligatorische Scherenschnitt hat diesmal lange auf sich warten lassen. Du wirst mir verzeihen, wenn Du den Grund erfährst. Kurz nach Eurem Besuch kam ich wegen starker Schmerzen in die Klinik. Wenige Tage später wurde mir eine Niere entfernt. Details lassen sich besser mündlich als schriftlich schildern. Wenn Du unaufschiebbare Fragen hast, kann Dir mein treuer Waschmaschinenspender Auskunft geben. Ich habe ihn für alle Fälle autorisiert. Du, meine Liebe, hast in diesem Jahr genug durchgemacht und stecktest zudem mitten in den Umzugsvorbereitungen. Darum bat ich Gert und die Kinder, Dich nicht mit meinem Unglück zu belasten. Kürzlich erhielten wir Eure neue Anschrift auf Deiner aus Fotoschnipseln kunstvoll zusammengesetzten Karte. Eure Köpfe auf dem Bollerwagen zwischen Bratpfannen, Matratzen, Wasserkessel, Schränken und allerhand Gerät zu entdecken, war ein Spaß, der mich an die Suchbilder meiner Kinderzeit erinnerte. Die witzige Collage signalisiert, daß Du das Gröbste überstanden hast und guter

Dinge bist, darum eile ich, mein Schweigen zu erklären. Du wirst Dich fragen, wie die Familie ohne mich fertiggeworden ist. Gut. Was mich einerseits beruhigt, mir andererseits zu denken gibt. Denn wenn ich zu Hause bin, geht scheinbar nichts ohne mich. Dann bilde ich mir ein, sogar zum Schlucken und Luftholen sämtlicher (!) Familienmitglieder vonnöten zu sein. Meine Mutter war mit den drei Jüngsten in der Laube. Traugott hätte zwar in die Schule gemußt, doch sein Zustand ist eigentlich das ganze Jahr über so, daß sich ein Grund zum Fehlen findet. Dorothea, unsere Zappelphilippine, hat vorübergehend bei dem befreundeten Arztehepaar Aufnahme gefunden, dessen einziges Kind etwa in Doros Alter ist. Uta ist kein Problem. Sie bleibt die Woche über im Schwesternwohnheim. Ulf hat tatsächlich die bewußte Lehre beginnen dürfen, Gott sei Lob und Dank, und kommt nur noch über Nacht und zum Wäschewechseln nach Hause. So war die Arbeit zu bewältigen, die zwangsläufig an Gert hängenblieb. Beim Scherenschnitt habe ich mich diesmal auf Gegenstände beschränkt. Der Not gehorchend, nicht dem eignen Trieb. Denn für Menschen brauche ich eine absolut ruhige Hand. Der Brief beweist, daß es damit noch schlecht bestellt ist. Diesmal also ein Stilleben zur Erinnerung an Deinen letzten Besuch. Freu' Dich am Anblick der Eiskugeln, Nektarinen und Bananen wie wir seinerzeit an den köstlichen Originalen.

Dir, Reinhard, Robert und Claudius glückliche Jahre in Eurem Haus, auf dem Gottes Segen ruhen möge.

Alles Gute und Schöne für Dich ganz persönlich. In Dankbarkeit immer Deine Agnes

1980

Die Steglichs besitzen seit vielen Jahren einen Wellensittich, dem Agnes seherische Kräfte zuschreibt. Wenn jemand aus der Familie in Lebensgefahr ist, zeigt Ikarus alle Symptome einer schweren Krankheit. Sind die Menschen genesen, ist auch der Vogel wieder gesund. Als Agnes, die er am meisten liebt und zärtlich Nes-Nes ruft, eine Niere entfernt werden muß, verliert Ikarus das linke Auge. Seither leidet er an Gleichgewichtsstörungen. Aber Gert denkt nicht daran, ihn einzuschläfern. Er gibt ihm Vitamin B 6, dann kann der einäugige Vogel wieder für ein paar Tage geradesitzen.

Jedes Mitglied der Familie begrüßt er mit Namen. Bei denen, die er mag, setzt er sich auf die Schultern. Wenn man ihn dann auffordert, Küßchen zu geben, nimmt er das Ohrläppchen in den Schnabel. Dorothea fliegt er aus dem Weg; sie ist ihm zu wild. Sieht er Vögel, Hummeln oder Schmetterlinge am Fenster vorbeiziehen, schimpft er hinter ihnen her und benutzt dazu das einzige unflätige Wort, das ihm geläufig ist: Saubiest. Gegen Bienen, Wespen, Fliegen und Weberknechte hegt er entweder keinen Groll oder sie sind ihm nicht wichtig genug. Jedenfalls läßt er ihr Treiben selbst dann un-kommentiert, wenn es sich im Raum und nicht vor dem Fenster abspielt. Ertönt klassische Musik, trällert er begeistert mit. Am lau-testen tiriliert er bei Mozart und Bach. Knallen jedoch die Bässe, weil Ulf den Raum mit Rockmusik beschallt, stößt er einen langanhaltenden Ton aus; denn diese Art Musik behagt ihm nicht.

Die Türschelle imitiert er mit „ring-ring", das Telefon mit „brrr". Da er bei geschlossenen Fenstern in der Wohnung herumfliegen darf, hat er dem schlafenden Gert schon als Wecker dienen können, wenn der

1980

chronisch übermüdete Mann das Schellen oder Klingeln überhörte. Einmal ist er ihm möglicherweise zum Lebensretter geworden.

An jenem denkwürdigen Tag hält sich Agnes mit den Kindern in der Laube auf, während Gert Dienst tun muß und Ikarus in der Stadtwohnung Wache hält. Nach anstrengendem Nachtdienst fährt Gert kurz heim. Er stellt dem Vogel frisches Wasser hin, duscht und zieht sich um. Dann setzt er Teewasser auf; denn in einer Stunde muß er wieder in der Klinik sein, weil ein Kollege ausgefallen ist. Das Wasser kocht und kocht, die Flüssigkeit verdunstet, der dünne Boden des Wasserkessels beginnt zu verschmoren. Neben der Herdplatte steht eine Zwiebacktüte, die schon angesengt ist, und daneben kokeln baumwollene Topflappen und eine Faltschachtel mit Teebeuteln. Gert hat sich auf die Liege im Zimmer der Jungen geworfen, um die schmerzenden Beine einen Augenblick hochzulagern, und ist auf der Stelle eingeschlafen. Plötzlich sitzt der Vogel auf seiner Brust und kreischt so aufgeregt „brrr" und „ring-ring", als stünde sein Federkleid in Flammen.

Seit dieser Rettungstat, so gelobt Gert, habe Ikarus bei ihm einiges gut. Das Gnadenbrot sei ihm auf alle Fälle sicher. Der gute Vogel dürfe ihm künftig ungerügt in alle sechs „Brandenburgischen Konzerte" von Bach, notfalls auch in Mozarts „Requiem" hineinzwitschern, wenn das Mitflöten ihm ein so dringendes Bedürfnis sei. Das gebe er ihm gern schriftlich. Papageienvögel halte er für kluge und von Natur aus lernbegierige Tiere, sofern man überhaupt menschliche Begriffe auf einen Vogel anwenden könne. Der altersweise Ikarus habe sich mit einer Mischung aus Instinkt und Intelligenz zum Albert Einstein innerhalb der Vogelwelt aufgeschwungen.

Silvia rechnet Ikarus nicht erst seit dieser Bravourleistung zu den Vollmitgliedern der Steglichschen Familie. Wenn sie kommt, birgt ihre

1980

Reisetasche immer auch ein Mitbringsel für den Vogel. Sie versorgt ihn mit Sepiaschalen zum Schnabelwetzen und mit Hirserispen und hartem Dauergebäck. Auch sein Lieblingsspielzeug stammt von ihr. Es handelt sich um einen Würfel mit teils vergrößernden, teils normalen Spiegeln. Die Idee dazu ist ihr gekommen, nachdem sie gesehen hat, wie sehr er sich über den scheinbaren Gesellen im Flurspiegel freut. Seine Kameradin Lori ist vier Jahre nach der Anschaffung eingegangen. Und obwohl er ihr nicht besonders hold war, vermißt er ihre Gesellschaft.

Als Silvia Dienstag, den 16. September, in Tegel landet – der Flughafen Tempelhof steht nur noch Militärmaschinen zur Verfügung -, hat sie außer geschälten Haferkörnern einen Apfel für Ikarus im Gepäck. Sie ist diesmal von Düsseldorf aus geflogen. Die Zeiten sind vorbei, in denen sie aus Kostengründen in Hannover startet und landet.

Vom Flughafen aus will sie wie gewöhnlich mit der S-Bahn zur Friedrichstraße fahren. Doch dem Geschimpfe entgegenkommender Passanten entnimmt sie, daß das heute nicht möglich ist. Die westlichen Bediensteten der DDR-eigenen Reichsbahn streiken. In Richtung Friedrichstraße geht schon seit Stunden nichts mehr. Was nun? Silvia bleibt stehen, um nachzudenken, ob sie die U-Bahn nehmen soll.

In den sechziger Jahren, während des S-Bahn-Boykotts, beschließt sie einmal, in umgekehrter Richtung mit der U-Bahn zu fahren. Ein Entschluß, den sie später bereuen wird. Da sich die Untergrundbahn in westlichem Eigentum befindet, sehen die Verantwortlichen der DDR keine Veranlassung, für die imperialistischen Kriegstreiber und ihre verhaßten Unternehmen gut sichtbare Hinweisschilder anzubringen. Silvia sucht sich im ohnehin unheimlichen Tiefgeschoß halbtot nach dem U-Bahn-Zugang. Briefmarkengroß, empört sie sich noch Jahre später, briefmarkengroß habe das Wort U-Bahn schließlich dagestanden. Dreimal sei sie auf Passanten zugegangen, ohne von einem Menschen Auskunft zu erhalten. Sie sei sich zuletzt vorgekommen wie in einem bösen Traum. Das Erlebnis habe eben noch gefehlt, um das Reizwort Grenzübergang endgültig zum Horrorbegriff werden zu lassen.

Die U-Bahn-Erfahrung im Hinterkopf, erwägt Silvia, zum Busbahnhof zu gehen. Über der Erde bewegt sie sich lieber als darunter. Doch die Überlegung, daß U-Bahnen die gleiche Strecke schneller als Busse zurücklegen und noch dazu in wesentlich kürzeren Abständen fahren, gibt schließlich den Ausschlag. Die Zeit mit Agnes ist ja ohnehin viel zu knapp bemessen.

Im Gegensatz zu Reinhard und Robert hat Silvia keinen angeborenen Orientierungssinn. Wenn sie sich nicht verlaufen will, darf sie ihren Verstand keinen Augenblick außer Betrieb setzen und tut gut daran, sich Eselsbrücken zu bauen. In fremden Städten macht sie sich an markanten Stellen Skizzen und Notizen. Für Gebäudekomplexe mit endlosen Fluren und Irrgängen hat sie zur Not immer ein paar bunte Plättchen aus dem Locher im Portemonnaie. Damit markiert sie möglichst unauffällig jede Abzweigung auf dem Hinweg, um später weniger mühsam zurückzufinden.

Für Reinhard sind das Variationen zum Thema Hänsel und Gretel, mit Locherplättchen statt Kieselsteinen und Brotbröcklein, infantil bis dorthinaus.

1980

Sie verläßt die U-Bahn unterhalb des Bahnhofs Friedrichstraße, zückt ihren Taschenkalender und vermerkt präzise jede Treppe mit Stufenzahl, jede Beschriftung am Aufgang, die Farbe des Anstrichs, sofern noch erkennbar, das Aussehen eines Schildes oder die erste Zeile auf einer Hinweistafel. Das wäre doch gelacht, wenn sie sich ein zweites Mal von einem schokoladenkästchengroßen U-Bahn-Schild narren ließe.

Plötzlich sieht sie sich von zwei auffällig-unauffälligen Sicherheitsbeamten flankiert. Einer entreißt ihr das Notizbuch, der andere bemächtigt sich der Reisetasche. Ihr bleibt vor Schreck fast das Herz stehen. Panik wirkt sich auf ihren Kreislauf ähnlich aus wie ein heißes Vollbad: Ihr wird schwarz vor Augen. Trotz ihrer Schwäche erreicht sie auf eigenen Beinen das Verhörzimmer.

Stundenlang beteuert sie, ihre Aufzeichnungen dienten keinem Zweck als dem, sich selbst den Rückweg zu erleichtern. Gebetsmühlenartig wiederholt sie, niemand habe sie beauftragt, etwas auszuforschen. Als sie beim ersten Mal hinzufügt, sie könne sich beim besten Willen nicht vorstellen, was es in tristen Gängen zu spionieren gebe, reagiert der Beamte so unmäßig zornig, daß sie einen Augenblick fürchtet, er werde sie schlagen. Von Gert hat sie erfahren, daß die Vernehmer in der Potsdamer Hochschule des Staatssicherheitsdienstes von staatstreuen Psychiatern in psychischer Zersetzung geschult werden. Sie mag sich nicht ausmalen, was darunter zu verstehen ist.

Sie wissen, herrscht sie der Vernehmer an, daß Sie dort nicht fotografieren dürfen. Folglich ist es gleichfalls untersagt, von und in öffentlichen Gebäuden fotografisch genaue Zeichnungen anzufertigen. Sie haben sich des schweren Verstoßes gegen geltendes DDR-

Recht schuldig gemacht. Ihre Lage können Sie nur dadurch verbessern, daß Sie die Hintermänner nennen, in deren Auftrag Sie die profimäßigen Zeichnungen hergestellt haben. Sie wollen doch wohl nicht länger leugnen, daß es sich hier um fachmännische Arbeit handelt und keineswegs um laienhafte Kritzelei zu persönlichem Gebrauch.

Ausgelöst durch das unbeabsichtigte Lob erinnert sich Silvia in einem Anflug von Galgenhumor an den Satz, mit dem Reinhard früher nach „Steißtrommler"-Vorstellungen den Applaus kommentierte: Haben die da draußen 'ne Ahnung, wieviel Lob ich vertrage ... – So glauben Sie mir doch: Ich bin Laie, und es gibt keine Auftraggeber.

Was wollen Sie in der Deutschen Demokratischen Republik, und wen treffen Sie hier? Der Mann deutet auf die geöffnete Reisetasche, damit sie nicht etwa behauptet, sie sei mit niemandem verabredet.

Silvia hat Angst. Doch konfus ist sie nicht. Dazu hat sie sich an den verschiedenen Grenzübergängen im Laufe der Jahre zu oft rechtfertigen müssen. Ihr ist klar, daß sie jetzt nicht Agnes Steglich, die ehemalige politische Gefangene, als Grund ihres Besuches angeben darf, auch wenn sie weiß, daß ihre enge Verbindung durch den DDR-spezifischen „gläsernen" Brief- und Paketverkehr längst aktenkundig ist.

Diese Information stammt aus sicherer Quelle: Nach der Nierenoperation liegt Agnes neben einer krebskranken Postangestellten, der sie durch ihre freundschaftlichen Beziehungen zu einem der behandelnden Ärzte nützlich sein kann. Beide Frauen wissen um die Schwere ihrer Krankheit und fürchten, die Klinik nicht lebend zu verlassen. Sie sprechen darüber und kommen einander näher. Eines Tages revanchiert sich die Dame von der Post für Agnes' Unterstützung, indem sie internes Wissen preisgibt. Jede, ausnahmslos jede

Sendung werde durchleuchtet oder geöffnet, enthüllt sie ihrer Leidens-
genossin. Den Behörden entgehe nichts, was sich zwischen Ost und
West abspiele.

Für Silvia birgt die Information nichts Sensationelles. Ob nun
Stichproben gemacht oder alle Sendungen kontrolliert werden, ist ihr
letztlich einerlei. Die Konsequenz heißt so oder so: Höchste Vorsicht
walten lassen und Willkür einkalkulieren.

Agnes ist der Obrigkeit vor fünf Jahren noch einmal unangenehm
aufgefallen. Wegen ihrer standhaften Weigerung, Dorothea zur
Sportkanone heranzüchten zu lassen, hat sie 1975 in der berüchtigten
Adresse Normannenstraße erscheinen müssen. Wer dort hinzitiert
wird, sieht sich im Geist schon in einer Zelle des Stasi-Gefängnisses
Hohenschönhausen oder in Bautzen enden. Die Vorladung sei Agnes
so an die Nieren gegangen, behauptet Gert, daß sie tags darauf mit
einer Kolik ins Krankenhaus gemußt habe. Ihr Nierenleiden sei
eindeutig Folge der unmenschlichen Bedingungen, unter denen sie im
Zuchthaus habe vegetieren müssen.

Daß sie nach dem Verhör weder eingesperrt noch ausgewiesen
wird, führt Agnes einzig auf die Tatsache zurück, daß sie sechs DDR-
Bürger geboren hat. Bei den Behörden gilt sie ungeachtet dieser
Leistung als unbelehrbar systemfeindlich und wäre wirklich keine
Empfehlung für eine Frau aus dem Westen, die unter Spionage-
verdacht steht.

Da hat Silvia die rettende Idee: Sie wird die Schürers nennen. Von
1965 bis vor zwei Jahren hat sie die Familie mit Paketen unterstützt.
Dann erfährt sie, daß die Leute in der Kirchengemeinde nur ein kurzes
Gastspiel gegeben haben, vermutlich, um deren Hilfsbereitschaft in
einer Phase persönlicher Not auszuloten. Inzwischen zählen sie zu
den Hurra-Kommunisten und sollen eifrig für die Staatssicherheit

1980

arbeiten. Herr Schürer ist für seinen Einsatz im Zusammenhang mit den großen Aufmärschen zum 1. Mai öffentlich ausgezeichnet worden. Als Silvia das hört, stellt sie die Paketsendungen ein. Sie sind über die Jahre mit annähernd gleichlautendem Postkartentext beantwortet worden, was Silvia mit der Rechtschreibschwäche dieser Leute entschuldigt. Persönliche Begegnungen hat es nach dem Treffen im Gemeindesaal nicht gegeben.

Sie sei auf dem Wege zu Herrn und Frau Schürer, gibt Silvia zu Protokoll und nennt die Anschrift.

Daraufhin löscht man das Licht und läßt sie allein. Vom Nebenraum aus wird eifrig telefoniert. Lange geschieht gar nichts. Das Eingesperrtsein im fensterlosen Raum kommt einer Folter gleich. In einem Rechtsstaat, denkt Silvia, könnte man die Beamten wegen Freiheitsberaubung anklagen. Gegen Diktaturen helfen keine Gerichte. Endlich kommt eine alterslose Sächsin und erklärt Silvias Gepäck für beschlagnahmt. Und dann folgt überraschend das mittlerweile bekannte: Sie genn'n gähn.

Silvia tritt ins Freie und weiß nicht, was sie tun soll. Sie rechnet damit, daß man sie beschattet, um sicherzustellen, daß sie tatsächlich zu den Schürers geht. So läßt sich Vollbeschäftigung erreichen, denkt sie bitter, wenn man einen Großteil der Bevölkerung einsetzt, um die Landsleute zu bespitzeln. Die meisten Mißliebigen haben sie inzwischen eingesperrt, unter Hausarrest gestellt oder rausgeschmissen, den Liedersänger Wolf Biermann zum Beispiel. Die verbliebenen unsicheren Kantonisten hindert der Überwachungsstaat am Üppigwerden. Silvia wüßte gern, in wieviel Prozent der Familien der Anspruch des Staates zu ernsten Zerwürfnissen führt, und wieviel Prozent der Bevölkerung durch den Anpassungszwang in ernste

Konflikte gestürzt werden. Vom politischen Wohlverhalten hängt schließlich alles ab: Guter Schul- oder Lehrabschluß, Arbeitsstelle, Krippenplatz, Wohnung, Erlaubnis zur Reise in andere sozialistische Länder.

Als die DDR die Schlußakte der Konferenz über Sicherheit und Zusammenarbeit in Europa vom 1.8.1975 unterzeichnet, schöpfen viele Menschen Hoffnung und beantragen die Ausreise. Die meisten vergeblich. Um ihrer Forderung nach Ausreise Nachdruck zu verleihen, legen einige die Arbeit nieder und demonstrieren gegen Menschenrechtsverletzungen in ihrem Staat. Die Behörden reagieren darauf in den meisten Fällen mit Verhaftung. Die Festgenommenen werden wegen asozialen Verhaltens und Hetze verurteilt.

Lächerlicher Schnüffelstaat, erbost sich Silvia. Und fragt sich gleich darauf kleinlaut, warum sie sich von etwas Lächerlichem in Angst und Schrecken versetzen lasse.

Sie läuft ein paar Schritte und stellt sich vor ein Schaufenster. Tatsächlich: In der Scheibe spiegelt sich ein Mann mit Kunstlederjacke und Herrentäschchen. Er bleibt jetzt ebenfalls stehen und zündet sich eine Zigarette an. Silvia geht an ihm vorbei in die Richtung, aus der sie gekommen ist. Der Mann bleibt ihr auf den Fersen. Ihr ist flau im Magen, und sie hat Kopfschmerzen. Nach endlosem Katz-und-Maus-Spiel steht ihr nicht der Sinn. Sie muß zu einem Entschluß kommen.

Wenn sie Agnes anruft, wird der Mensch mithören, wenn sie hinfährt, wird er ihr folgen. Doch sie möchte ungern heimfahren, ohne die Freundin besucht zu haben. Andererseits geniert sie sich, mit leeren Händen vor die Steglich-Kinder zu treten. – Herrje, wie kompliziert kann etwas im Grunde Simples wie der Besuch einer Freundin sein.

1980

Sie wird versuchen, sich mit Agnes an neutralem Ort zu treffen. Demonstrativ reckt sie den Hals und hält nach ihrem Verfolger Ausschau. Der dumpfe Mensch soll sich nicht einbilden, sie bemerke einen plump agierenden Schnüffler nicht. Dann betritt sie die nahegelegene Wechselstube, damit sie für alle Fälle gerüstet ist. Sie möchte nicht, daß Agnes Kosten entstehen, falls sie, um Zeit zu sparen, mit einem Taxi kommt.

Gespannt wählt sie Steglichs Nummer. Zu ihrer Erleichterung ist Agnes am Apparat. Hallo, Frau Schürer, hier ist Silvia Weller! ruft sie in den Apparat. – Sie läßt Agnes gar nicht zu Worte kommen. – Ich bin leider aufgehalten worden und kann aus persönlichen Gründen heute nicht zu Ihnen rausfahren. Ich bin aber für eine Weile im Café am Alexanderplatz, über das wir uns im Zusammenhang mit Ihrer vorzüglichen Apfeltorte unterhalten haben. Wenn Sie können, kommen Sie hin. Ich würde mich freuen. Sie können mich nicht verfehlen. Ich trage einen hellgrauen Nicky, eine schwarze Feincordhose und einen grauen Cordmantel mit Kapuze, dazu schwarze Stiefeletten mit hohem Absatz. Nehmen Sie ruhig ein Taxi. Das Fahrgeld, liebe Frau Schürer, ersetze ich Ihnen nachher. Bis später.

Sie fährt mit öffentlichen Verkehrsmitteln zum Alexanderplatz. Ihr Beschatter von vorhin ist verschwunden. Entweder hat ihn jemand abgelöst, oder es besteht im Augenblick kein Interesse an ihr. Sie vertritt sich noch eine Weile die Beine. Es kann lange dauern, bis Agnes eintrifft.

Im Café werden die Plätze zugewiesen. Silvia vermutet darin eine Hürde, die Begegnungen zwischen Ost und West verhindern soll.

★

1980

Agnes taucht nach einer knappen Stunde auf. Obwohl sie das blonde Haar unter einer gehäkelten schwarzen Kappe verborgen hat und Gerts alte Brille trägt, erkennt Silvia die Freundin sofort, als sie draußen am Fenster vorbeigeht. Silvia eilt zum Eingang und erreicht dank der Überzeugungskraft eines westlichen Geldscheins, daß Agnes an ihrem Tisch Platz nehmen darf.

Da ist sie, die herbestellte Frau Schürer, und sogar mit der für sie typischen Kopfbedeckung. Wenig schmückend, fürchte ich, aber sei's drum. – Indem sie möglichst unbekümmert zum Nebentisch hinüberlächelt, raunt sie Silvia zu: Darf ich erfahren, warum ich ausgerechnet die Identität einer nassauernden Kommunistin annehmen muß?

Ich bin gefilzt und gefleddert und nach stundenlangem Verhör unter dem persönlichen Schutz eines Beschatters in die sozialistische Freiheit entlassen worden. Auf die Frage, wen ich zu treffen gedenke, ist mir in meiner Not der Name Schürer eingefallen. Noch Fragen?

Nein. Aber wundere dich nicht. Ich bin heute im Denken nicht die Schnellste. Ikarus ist tot.

Oh! Das tut mir leid. Der kleine Vogel hatte eine so große Bedeutung, daß man zu dem Verlust kondolieren möchte.

Ich habe bitter geweint, als ich ihn heute früh tot im Käfig zu liegen sah.

Das kann ich gut verstehen. Ich habe früher sogar Tränen vergossen, wenn ich das Gedicht vom graugelben Vögelein las oder hörte. Kennst du's?

O ja, ich mußte es auswendiglernen. Der Inhalt rührte ans Herz, aber das Gedicht klang seltsam. Ich hab immer das Subjekt am Satzbeginn vermißt. Daß man das behält!

1980

In meiner beschlagnahmten Reisetasche waren geschälte Hafer-
körner für Ikarus und ein mehliger Apfel.

Er braucht nichts mehr.

Aber die Sachen für euch sind weg, und ihr hättet sie sehr wohl
noch gebraucht. Es ist zum Auswachsen. Ich gebe dir nachher außer
dem Fahrgeld einen Hunderter – natürlich nicht den mit dem Marxkopf
–, bitte kauf im Exquisit-Laden etwas, das euch allen Freude macht.
Ich komme mir ganz nackt vor ohne Mitbringsel.

Ja, sage mal! Denkst du wirklich, wir reduzierten die Freude über
deinen Besuch auf die Geschenke? Da tust du uns aber gründlich
unrecht.

Das würde ich niemals von euch denken. Entschuldige schon, daß
ich trotzdem ungern mit leeren Händen vor euch trete. Es gibt da eine
gewisse Parallele: Wer als Jude nicht in Israel lebt – nicht zu leben
braucht, sagen viele angesichts der ständigen Bedrohung –, der
unterstützt sein Volk so gut er kann finanziell. Das tut er entweder, um
nicht mit schlechtem Gewissen herumzulaufen, oder aus einem Gefühl
der Dankbarkeit heraus.

Pst. Mir kommen hier mindestens zwei Gespanne nicht koscher
vor. Wir müssen uns vorsehen.

Das machen wir doch. Was können wir mehr tun als flüstern und
raunen? Komm, laß uns austrinken, dann unterhalten wir uns draußen
weiter.

Ist es nicht ein Jammer? Nirgends ist man vor der Bande und ihrer
Willkür sicher. Ja, das ist ein Jammer, bestätigt Silvia. Wenn die
Ganoven wollen, finden sie etwas, auch wenn du nichts bei dir hast.
Und wenn sie Order haben, nichts zu finden, übersehen sie das
Exemplar der Springer-Presse, das du in der Hand hältst.

1980

Gert sagt, diese Masche sei für den SED-Staat ein unschätzbar wichtiges Ventil, durch das der Überdruck entweichen könne. Wer erlebe, daß eine verbotene Zeitung übersehen werde oder ein Paket den Empfänger erreiche, obwohl es Nichtzulässiges enthalte, meint Gert, der sei fürs erste mal wieder eingelullt und trage sich vorübergehend nicht mit Rachegelüsten und Ausreisegedanken.

So sehe ich das auch. – Erzähl' mir, was es bei dir Neues gibt. Während du sprichst, äuge ich auf die verdächtigen Gespanne.

Wir haben seit dem Frühsommer eine Haustochter.

Neudeutsch Au-pair-Mädchen. Wie kommst du daran?

Unsere Isolde ist eine gelernte Schneiderin aus Naumburg, die unbedingt nach Berlin wollte. Ihre geschiedene Mutter hat sie meiner Mutter ans Herz gelegt, damit ich mich um das ausnehmend hübsche Ding kümmere. Nun wohnt sie bei uns. Sie schläft im Mädchenzimmer in Utas Bett und hilft mir ein bißchen im Haushalt, vor allem bei der Näherei für die Kinder. Es ist ja dauernd was zu stopfen, oder Säume sind auszulassen oder Knöpfe anzunähen. Wohnen und Essen bekommt sie umsonst. Gehalt kann ich ihr natürlich nicht zahlen. Gert gibt ihr etwas Taschengeld.

Warum hast du sie in deinen Briefen nicht erwähnt?

Weil sie offiziell gar nicht bei uns ist. – Agnes schaut in Silvias Kaffeekännchen und steht auf. Bezahlt hast du. Dann laß uns gehen. Draußen redet sich's zwar auch nicht sicher, aber immerhin sicherer als hier.

Vor der Tür hakt Silvia gleich nach: Was hat es auf sich mit dieser Isolde? Weshalb ist sie offiziell nicht da?

Sie will sich abseilen.

Auch das noch. Wenn man euch nun der Mitwisserschaft beschuldigt! Das kann euch das Genick brechen.

1980

Ach, meine Liebe, was denn nicht?

Republikflucht! Weiß sie, was sie riskiert?

Das weiß sie durchaus. Dumm ist die wirklich nicht. Sie gehört nur zu den Ungeduldigen, die mit dem Kopf durch die Wand wollen. Wo man ihr nicht die Wahl läßt, dazubleiben oder zu gehen, da möchte sie keinen Tag länger leben. In der DDR sieht sie in ihrem Beruf für sich keine Zukunft. Sie sagt, DDR-Produktionen seien allenfalls für westdeutsche Billigversandhäuser gut genug. Was hier als Mode verkauft werde, sei so lächerlich provinziell und geschmacklich verunglückt wie vor Jahren der Lipsi-Tanz und die seichten Schlager heute.

Schlager sind immer und überall seicht.

Darum halte ich mich an klassische Musik.

Dann hat Ikarus seinen Geschmack an dir gebildet.

Spotte nur. – Agnes zeigt auf einen Ladeneingang. In dem Geschäft hatte ich vor ein paar Jahren um die Weihnachtszeit ein Erlebnis, von dem ich dir erzählen muß. Ich erfuhr von einem Mitglied der Komischen Oper, dessen Bruder ein Studienkollege von Gert war, es gebe hier, wenigstens vorübergehend, Meissener Porzellan und Krippenfiguren aus dem Erzgebirge zu kaufen. Ich natürlich gleich hin. Denn ich muß dir sagen, es ist nicht gerade einfach für mich, immer die Beschenkte zu sein; ich hätte dir so gern mal mit etwas anderem eine Freude gemacht als immer nur mit Scherenschnitten. Wenigstens einmal wollte ich dich mit einem Sammlerstück Dekor „Meissener Rose" oder „Voller grüner Weinkranz" überraschen.

Deine Scherenschnitte bedeuten mir mehr als das, was du kaufen kannst.

Agnes macht eine müde Handbewegung und fährt fort: Das Ladenmädchen tat geradezu empört und bestritt, die Ware in letzter Zeit

gehabt zu haben, geschweige denn zu haben. Meissener Porzellan sei
für die Ausfuhr bestimmt, das wisse jeder. Wie schade, sage ich und
frage, ob ich denn vielleicht eine Tasse oder eine Dose von Hedwig
Bollhagen bekommen könne? Sie sind gut, fährt mich die Göre an, die
Töppe mit den Punkten könnten mir wohl auch gefallen, aber die
werden ebenfalls für den Export produziert. Da betrat ein berühmter
Schauspieler den Laden. Die kleine Verkäuferin machte sich beinah in
die Hose vor Aufregung, als sie ihn sah. Gleich trat aus dem
Hinterzimmer eine ältere Dame, begrüßte den Star überschwenglich
und holte neben der Kasse unter der Theke die herrlichsten Meissener
Porzellanfiguren vor. Ein Wunder, daß mir nicht vor Neid die Augen
aus dem Kopf gefallen sind. Der Star verhandelte nicht lange, sondern
ließ sich den ganzen Schatz einpacken und zog so selbstverständlich
ab, als trüge er Schrippen nach Hause.

Silvia ist weniger empört als amüsiert. Was erwartest du? Die
Damen verwalten eben auch nur den Mangel, wie du früher gern von
dir behauptetest. Sicher würden sie auch lieber jedem zahlungsfähigen
Kunden ein Kaffeeservice und dazu den alten Fritz hoch zu Roß oder
mit seinem Windspiel verkaufen. Aber sie leben in der sozialistischen
Planwirtschaft. Vermutlich wird ihnen jedes Teil nur ein- oder zweimal
zugeteilt. Darum geben sie es dem, den sie am meisten verehren.
Ärgere dich nicht, Agnes. Wenn's auf der Welt gerecht zugehen wird,
dann sind wir beide längst nicht mehr da. – Erzähl mir lieber weiter von
Isolde.

Wie gesagt: Sie ist nach Berlin gekommen in der festen Absicht,
von hier aus in den goldenen Westen zu wechseln. Um das Ziel zu
erreichen, ist ihr jedes Mittel recht. Notfalls schläft sie sich raus. Das
hat sie jedenfalls zu mir gesagt. Überprüfen kann ich's nicht.

1980

Sie muß es wissen. Hoffentlich spricht sie nicht mit euren Kindern darüber.

Und ob! Sie ist unbedacht wie ein junges Fohlen. Eines Tages sei sie weg, das erzählt sie den Kleinen von früh bis spät, und dann treffe bei ihnen eine bunte Karte aus Genf ein mit lauter Mickymäusen drauf.

Das sind doch Hirngespinste. Alle früher möglichen Fluchtwege sind längst versperrt, weil sie verraten wurden. Was haben sich die Menschen nicht schon ausgedacht: Tunnel, Ballon, Stabhochsprung, Spreedurchschwimmen, festgeschnallt unterm Auto ...

Isolde hat sich wochenlang in jeder freien Minute am Flughafen herumgedrückt. Es kommt mir direkt verdächtig vor, daß die Stasi sie dort nicht überprüft, geschweige denn kassiert hat. Wie eine läufige Hündin ist sie rumgestreunt. Dabei habe sie, sagt sie, einen Schweizer Piloten auf sich aufmerksam gemacht. Tatsache ist, sie hat sich mit ihm kürzlich am Märchenbrunnen im Volkspark Friedrichshain getroffen. Sie ist ein anziehendes Geschöpf, daran besteht kein Zweifel. Schönes dunkles Haar, schulterlang, klare Gesichtszüge, gute Figur, lange Beine, dazu willig und bereit. Du weißt schon.

Bei aller Liebe: Im Park doch wohl nicht.

Das war nicht nötig. Er hatte ein geräumiges Hotelzimmer und genügend Bestechungs-Fränkli, um eine junge DDR-Bürgerin trotz strengster Überwachung sämtlicher Treppenaufgänge und Fahrstühle einzuschleusen und wieder rauszuschmuggeln.

Es ist demnach doch alles möglich und nur eine Frage des Preises? Das kann ich kaum glauben. Denn dann müßte ich fragen, warum überhaupt noch jemand hier ist.

Das kann ich dir sagen: Die Swissair hat nicht genug Piloten, und wir sind nicht alle so schön wie Isolde.

1980

Silvia lacht. Ich gönne es ihr. Aber noch ist sie nicht in Genf am Mickymauskartenständer.

Nein, noch nicht. Aber wenn du sie reden hörtest, würdest du auch glauben, daß sie's schafft. Sie sagt, das Maß an Heuchelei, Taktik und Opportunismus sei bei ihr voll. Seit dem Tag der Jugendweihe, dem Paradebeispiel für freiwilligen Zwang, habe sie jedesmal eine schrumpelige Kastanie in ihren alten Sandkisteneimer gelegt, wenn sie gegen ihr Gewissen oder ihre Einsicht habe handeln müssen.

Erstaunliche Gedanken für eine Schneiderin. Hätte sie beruflich nicht viel mehr erreichen können, zumal keine Konfirmation ihre Schulkarriere verhinderte?

Sie hat mir auf eine ähnliche Frage geantwortet, erst habe sie keine Lust am Lernen gehabt. Und dann sei ihr durch die Freundschaft zum Sohn eines Gesellschaftswissenschaftlers klargeworden, daß Wissen zwar Macht sei, man damit aber in der DDR nichts anfangen könne. Der Junge habe seine Lebensaufgabe darin gesehen, die Parolen, die sein Vater und dessen Kollegen ausgaben, in der Luft zu zerreißen. Dafür sitze er seit kurzem ein. So wolle sie nicht enden. Wenn man in einem Staat lebe, wo man für lautes Denken eingesperrt werde, gebe es nur zwei Möglichkeiten: Entweder müsse man sich das Denken abgewöhnen oder schauen, daß man rauskomme.

Was für eine Alternative!

Gerade in diesem Jahr zeichnet sich bei unsern Gesellschaftswissenschaftlern ein Wandel ab. Bisher vertraten sie die Auffassung, das erreichte Maß an Gleichheit sei als Kriterium des Fortschritts anzusehen. Neuerdings bringen dieselben Experten die These von der Triebkraftfunktion sozialer Unterschiede ins Spiel. Vielleicht leugnen sie demnächst nicht mehr, daß ein humanistisch geprägtes Elternhaus lernfähigere und bildungswilligere junge Menschen hervorbringt als die

1980

Identifikation mit der Weltanschauung und den politischen Zielen der staatstragenden Partei.

Ich bitte dich, Agnes, das müssen sie doch leugnen, sonst wäre das Ende des Sozialismus' eingeläutet.

Eine Wissenschaft, die nicht frei ist, sondern gewonnene Erkenntnisse rot einfärben muß, bevor sie sie verbreitet, ist keine Wissenschaft. Für diese Einsicht bedarf es keiner höheren Bildung, es genügt der klare Menschenverstand. Siehe Isolde.

Wird sie den Piloten heiraten und setzt auf Familienzusammenführung, oder wie denkt sie sich das?

Die Närrin bildet sich ein, daß sie jemanden findet, der sie rauskauft. Den gedenkt sie mit Liebesdiensten zu entlohnen. Gegen jede Form von Zwang ist sie allergisch. Die Ehe, sagt sie, bedeute wieder Unfreiheit. Dann müsse sie sich für jedes Tun und Lassen rechtfertigen und ihre Wünsche mit einem Mann abstimmen. Sie träumt davon, völlig ungebunden als gefeierte Modenschöpferin abwechselnd in Düsseldorf, Mailand oder Paris zu leben.

Mit siebzehn hat man noch Träume.

Sie ist neunzehn. Na ja, ich bin fünfundvierzig und träume auch noch hin und wieder von der großen Freiheit.

Sagtest du nicht, Gerts ehemaliger Chef habe sich rechtzeitig in den Westen abgesetzt und lebe in glänzenden Verhältnissen? Kann der eure Familie nicht rauskaufen?

Wir werden taxiert wie die Zuchtbullen. Ich mit meiner einen Niere und der bekannten Einstellung zur Diktatur würde vermutlich niedrig veranschlagt. Aber Gert und die Kinder rauszukaufen, das wäre selbst für den betuchten Professor unerschwinglich. – Apropos unerschwinglich: Ich habe eine Bitte an dich. Brems' mich, falls du nichts davon hören magst.

1980

Schieß los.

An meinen Vorhängen ist der Sonntag ab. Besonders die Übergardinen in der Küche und in den Kinderzimmern sind nicht mehr zum Mitansehen. Ich brauche unbedingt neue. Aber sie sind für mich ...

Laß mich raten: unerschwinglich.

Absolut. Nun hab ich mir aber in den Kopf gesetzt, ich müsse ausnutzen, daß Isolde noch bei uns ist, die das Nähen und Schneidern gelernt hat.

Kurz und gut: Ich soll dir Vorhangstoff besorgen.

Nichts Teures, Silvia, ganz etwas Einfaches. Neutrale Farbe, billiger Stoff. Bloß daß es nochmal frisch aussieht an meinen Fenstern. Du hast einen feinen Geschmack und wirst das schon richtigmachen. Einen halben Ballen Dekostoff aus diesen pflegeleichten Fasern, die es bei euch so wunderbar gibt, und du hättest mich mal wieder glücklich gemacht.

Silvia fragt sich, wie schon so manches Mal, auf welche Weise die Steglichs ihre tiefen Einblicke in westliche Warenlager gewinnen. Bis zum heutigen Tage besitzen sie keinen Fernsehapparat. In westlichen Zeitschriften können sie sich ebenfalls nicht über das Angebot informiert haben. – Ich sehe mal, was ich tun kann.

Agnes umarmt die Freundin. Was du in die Hand nimmst, wird richtig. Du bist einfach ...

Laß gut sein. An meiner Stelle würdest du nicht anders handeln.

Ich hab die Hoffnung aufgegeben, dir das auf dieser Welt noch beweisen zu können.

Wie kriege ich den Vorhangstoff aber hin zu dir? Der Postweg ist mir zu unsicher. Ich hätte Robert eingespannt, aber der ist als Belohnung für sein Einser-Abitur in die USA geflogen.

1980

Er hat uns schon eine Karte aus New York geschickt, der Gute. Für uns war sie eine richtige kleine Sensation. Gert sagt, es wundert ihn direkt, daß sie uns den Gruß überhaupt zugestellt haben. Denn wenn ein Familienmitglied seinen Wehrdienst bei der Volksarmee ableistet, werden Westkontakte noch weniger geduldet als sonst.

Richtig, Ulf ist ja bei der Armee! Wie kommt er dort klar?

Mühsam, das kannst du mir glauben. Sie ließen ihn erst nach einem halben Jahr zum erstenmal auf Heimaturlaub fahren. Ich bin vor Sorge um ihn schier vergangen. Als er endlich mal nach Hause kam, sah er aus wie ein Rußlandheimkehrer.

So abgemagert?

Dürr wie eine Ziege. Und in seine Gesichtszüge hatte sich eingegraben, was ihm widerfahren war.

Wenig Gutes vermutlich.

Wahrlich nicht. Wenn er schon selbst sagt, es sei hart, dann ist es in Wirklichkeit unerträglich. Stell dir vor, in der Kompanie ist er der einzige bekennende Christ. Besonders im Anfang hat er auf seiner Stube viel auszustehen gehabt. Aber er will da durch. Man hat ihm versprochen, daß er mit einer Sondergenehmigung an der Musikhochschule studieren darf, wenn er seine Armeezeit ordentlich abschließt.

Silvia blickt die Freundin zweifelnd an. Und du glaubst, daß sie Wort halten?

Wie könnte ich das? Aber Ulf verläßt sich drauf. Und darum behalte ich meine Zweifel für mich. Der Junge hat schon keine Gegenwart. Der Orgelbauer mußte ihn nach beendeter Lehrzeit entlassen, und es ist nicht daran zu denken, daß ihn ein anderer Instrumentenbauer beschäftigt. Soll ich ihm mit der Hoffnung auch die Zukunft nehmen?

Nein, bestimmt nicht. – Robert muß auch noch in diesem Jahr zum Militär. Nach der Bundeswehrzeit will er Germanistik und Publizistik studieren.

Herr, erbarme dich: Wenn es Krieg gibt, müssen unsere Jungs am Ende noch aufeinander schießen. Deutsche auf Deutsche.

Nein, Agnes, es ist zwar vieles möglich auf dieser verrückten Welt. Aber daß Ulf und Robert oder Traugott und Claudius eines Tages aufeinander schießen, das halte ich nun doch für ausgeschlossen. Auf Transparenten steht manchmal zu lesen: Stell dir vor, es ist Krieg, und keiner geht hin.

Es werden genug hingehen. Denk an die Grenze. Wieviel Deutsche haben da ihre eigenen Landsleute erschossen?

Glaubst du nicht, daß Menschen aus der Geschichte lernen? Daß sie nach zwei Weltkriegen zwar mit dem Säbel rasseln, um Furcht zu verbreiten, aber doch im Ernst nicht mehr bereit sind, in Europa gegeneinander Krieg zu führen.

Ich glaube weder an ihre Lernfähigkeit noch an die Lernwilligkeit und schon gar nicht an das Gute in ihnen. Güte habe ich nie von der Masse, sondern nur von sehr wenigen Menschen erfahren.

Da stimme ich dir zu. Aber die Vernunft muß doch jedem sagen, daß mit einem Krieg heute nichts mehr zu gewinnen ist. Daß es nur noch Verlierer gibt.

Vorhin erwähntest du Israel. Allein die Geschichte dieses Staates widerlegt dich. Hast du den Sechstagekrieg im Juni 67 vergessen? Israel hatte nach der Niederlage Ägyptens, Jordaniens und Syriens ein Territorium besetzt, das dreimal größer war als das eigene Staatsgebiet. Wenn das kein Gewinn ist!

Nur für den Augenblick. Denn der Gewinn ließ die Verlierer ja nicht ruhen. Sechs Jahre später flogen wieder die Raketen. Damit das mit den Arabisch-Israelischen Kriegen nun nicht endlos so weiterginge, mußten die Gewinner einen Teil des erkämpften Gebietes freiwillig wieder abtreten. Was nützte ihnen da noch der Sieg von gestern? – Silvia hält inne. Wir werden uns doch hoffentlich nicht wegen der Politik in die Wolle geraten? Was ich sagen wollte, war nur dies, daß ich mir nicht vorstellen kann, auf deutschem Boden würde zu unsern Lebzeiten noch einmal ein Krieg stattfinden.

Nein, wir zwei werden uns wegen der Politik nicht krachen. Aber im Gegensatz zu dir kann ich mir alles vorstellen. Sogar Krieg diesseits und jenseits des Brandenburger Tores. Robert steht mit Blick auf die Rückseite der Quadriga, Ulf genau gegenüber, beide todunglücklich, aber mit Gewehr im Anschlag, in Erfüllung ihrer Pflicht.

Nie, ruft Silvia aus. Niemals.

✳

So problemlos und schnell wie an diesem Abend ist Silvia noch nicht zurück in den Westen gelangt. Ihre Nerven flattern, als sie ihren Reisepaß am ersten Kontrollposten abgibt. Doch sie passiert nicht nur ihn, sondern drei weitere Schleusen unangefochten. Niemand spricht sie auf die Schürers an, keiner erwähnt den morgendlichen Vorfall. Sie weiß nicht, wie ihr geschieht, als sie eine halbe Stunde nach dem Abschied von Agnes in die U-Bahn steigt, die sie wie durch ein Wunder ohne Notizzettel und fremde Hilfe gefunden hat.

Gut, daß Reinhard nicht in der Nähe ist, muß sie plötzlich denken. Er würde ihr jetzt eine Karikatur unter die Nase halten, über die sie schon lange nicht mehr lachen kann: Ein Huhn mit schwarzen Flecken an Stelle der Augen, den Schnabel in eine Flasche Korn getaucht ...

1980

Übernachten wird sie nach längerer Zeit einmal wieder bei Reinhards Cousin. Er will demnächst heiraten und hat den Wunsch geäußert, Silvia möge seine Braut besichtigen, wenn sie das nächste Mal nach Berlin komme. Er habe sie und Reinhard nämlich als Trauzeugen vorgesehen.

Sie fährt zum Kurfürstendamm, ißt eine Kleinigkeit, telefoniert ausgiebig mit Claudius, denn Reinhard ist noch nicht zu Hause, besorgt danach ein Blumengesteck und begibt sich gespannt zu dem liebenden Paar.

Was der erfolgreiche Entrümpelungsunternehmer – neuerdings sogar Besitzer eines kleinen Antiquitätenladens – in seinen Briefen und Telefonaten mit keinem Wort erwähnt hat, bringt Silvia für einige Sekunden aus der Fassung: Seine Auserwählte stammt von der Elfenbeinküste und ist, so wird sie Reinhard später berichten, kohlrabenschwarz. Der Cousin weidet sich an ihrer Verblüffung, geht aber mit keinem Wort darauf ein. Mit charmantem Lächeln macht er sie bekannt: Das ist Mathilde, verehrte Silvia. Liebe Mathilde, das ist die Ehefrau meines Lieblingsvetters Reinhard Weller.

Silvia lacht. Das war ein Scherz, Mathilde, den Ihr zukünftiger Gatte regelmäßig macht. Dazu müssen Sie wissen, daß er nur einen einzigen Cousin hat. – Sie reicht der jungen Frau freundlich die Hand und erkundigt sich verwundert, wieso sie einen deutschen Namen trage.

Ihr Verlobter läßt sie nicht zu Wort kommen. Heines Schuhverkäuferin hieß, wie jeder Literaturbewanderte weiß, Crescentia Eugénie, entgegnet er. Trotzdem war ihm danach, sie Mathilde zu nennen. Mir ist auch danach.

1980

Aber bitte. Ich habe nichts dagegen, daß du es deinem Lieblingsdichter nachtust. Natürlich möglichst nicht in bezug auf die Matratzengruft. Wenn nur der Name Mathilde deiner Braut gefällt ...

Die nickt und sagt gutmütig: Er kann mick nennen, wie er möckte.

Sie streichelt zärtlich seine Hand.

Er nimmt sie in den Arm und sagt über ihren Kopf hinweg: Sie hat etwas von der Eleganz einer Gazelle. Ich bin glücklich, Silvia.

Das freut mich aufrichtig.

Merde, das Telefonat! Er greift sich an den Kopf. Mathilde, sagt er und küßt sie auf die Stirn, du bringst mich um den Verstand. – Silvia, vorhin kam ein Anruf für dich. Kennst du ... ? Er schließt die Augen, um besser nachdenken zu können und sagt leise vor sich hin: Romeo und Julia ... nee ... Tristan und ...

... Isolde? Ich kenne sie nicht persönlich, aber ich weiß, wer sie ist: Steglichs Hausmädchen oder Haustochter.

Sie rief von einem Flughafen an, glaube ich. Wieso eigentlich? Ach, ist ja völlig wurscht. Sie läßt dir von Frau Steglich ausrichten, ihre Mutter sei plötzlich und unerwartet gestorben.

O Gott! Die arme Agnes. Ihre Mutter wird ihr fehlen. Sie hat so viel für sie getan und für die Kinder. – Hat Isolde sonst noch was gesagt?

Ja. Frau Steglich fahre morgen mit den beiden jüngsten Kindern nach Naumburg. Ihr Mann komme zur Beerdigung mit den andern nach. Sie läßt fragen, ob du eine spätere Maschine nehmen und morgen nochmal rüberfahren könntest. Am einfachsten zu Dr. Steglich in die Klinik. Du hättest ihr Gardinen versprochen. Aber die seien nicht mehr wichtig. Ob du statt dessen rüberbringen würdest ... Er zieht einen zerknitterten Zettel aus der Hosentasche und liest vor: ... zwei schwarze Krawatten, schwarze Strumpfhosen und vielleicht noch eine schwarze Bluse?

1980

Agnes besorgt das Gewünschte. Und weil der Wetterbericht für die nächsten Tage kräftige Niederschläge ankündigt, kauft sie kurzentschlossen für die vier jüngsten Kinder dunkelblaue Regenmäntel mit Kapuzen. Reinhards Cousin bestellt bei einem befreundeten Gärtner noch am Abend einen Kranz aus vorwiegend dauerhaften Gewächsen und fährt Silvia am andern Morgen damit zum Übergang Friedrichstraße. Sie muß zwar wieder lange auf die Abfertigung warten und wird unwirsch gefragt, wohin sie mit dem Kranz wolle. Das Gebinde, erklärt sie kurz und bündig, sei für den Trauerfall Davidis bestimmt. Zu ihrer Verwunderung läßt man sie passieren, ohne ihre Antwort zu überprüfen.

✳

Nach der Rückkehr aus Berlin liest Silvia noch einmal alle Briefe der jetzt verstorbenen alten Dame, bevor sie das Kondolenzschreiben an die Freunde verfaßt. Immer wenn Agnes' Mutter für längere Zeit mit den Enkeln in der Laube war, hat sie sich Zeit genommen für ein paar Worte an Silvia. Jeder Brief endete mit dem Satz: Seien Sie Gott befohlen, der durch reichen Segen vergelten möge, was Sie an meiner Tochter und deren Familie Gutes tun.

Persönlich ist sie ihr nur im Oktober 1965 begegnet. Ein Bild von jenem ersten Zusammensein hat sich Silvia tief eingeprägt: Sie sitzen im Kinderzimmer am Mittagstisch, Agnes und ihre Mutter, Gert, Ulf, Uta und sie, fassen sich bei den Händen und wünschen einander gesegnete Mahlzeit.

✳

1980

Mitte Oktober erhält Silvia einen neuen Scherenschnitt, aufwendiger und mühsamer hergestellt als alle, die ihr Agnes bisher geschickt hat. Er zeigt einen Grabhügel mit einem Trauerkranz, auf dem sogar einzelne Pflanzen, Gewächse und Blumen zu erkennen sind: Efeu, Buchsbaum, Fächerpalmen, Taxus, Chrysanthemen. Um das Grab stehen Agnes und Gert, Uta in Schwesterntracht und vier unterschiedlich große Kinder in langen Regenmänteln. Der älteste Enkel der Verstorbenen fehlt. Ihm ist offenbar kein Sonderurlaub gewährt worden.

Silvia fügt den Scherenschnitt zu den andern und betrachtet jeden noch einmal gerührt und mit Bewunderung. Was für ein außergewöhnliches Talent besitzt Agnes, denkt sie. Mit solcher Begabung hätte sie sich in diesem Teil Deutschlands längst einen Namen gemacht. Sie hätte Bücher illustriert oder mit Scherenschnitt-Porträts Geld verdient. Drüben gibt man ihr nicht die geringste Chance, ihr Können in bare Münze umzusetzen. Dort zählt nicht, wieviel jemand kann, sondern ob er sich willig einfügt. – Welche Schätze an geistigem und künstlerischem Potential ungehoben bleiben, weil ihre Besitzer keine charakterlosen Mitläufer sind, müßte einmal von neutraler Stelle untersucht werden, wünscht sich Silvia. Im Arbeiter- und Bauernstaat darf geheuchelt werden, was das Zeug hält; Aufrichtigkeit ist kein Parteigebot. Nur eines wird gnadenlos geahndet: der Beweis von Rückgrat. Arme Agnes.

Berlin, 11. Oktober 1980

Meine liebe Silvia!

Eine Besucherin hat sich erboten, meinen Brief von West-Berlin aus durch Eilboten zu versenden, damit er Dich ganz schnell erreicht. Denn meine Dankesschuld Dir gegenüber lastet schwer auf meiner Seele. – Als

1980

*Dein Claudius vor fünf Jahren so elend war, habe ich Dir regelmäßig
geschrieben. Ich spürte zwar, daß Du zur Zeit für kein tröstendes Wort
empfänglich warst, aber ich hoffte, Du würdest eines Tages ins Leben
zurückkehren, und dann solltest Du mich ganz in Deiner Nähe wissen. –
Nun trage ich Leid, und denke nur, ich reagiere ganz anders. Mir war
Deine Hilfe, die tatkräftige Unterstützung sowohl als auch die warm-
herzigen Worte, Balsam auf die verwundete Seele. Wie sehr ich unter dem
schmerzlichen Verlust gelitten habe, kann ich keinem sagen. Doch mir
wurde geschenkt, daß ich mich trösten lassen durfte. Meine Seele erhielt
Flügel, wie es in einem Gedicht heißt, und ich konnte wieder über die
Grabeshügel hinwegschauen, die den klaren Blick verbaut hatten. – Ach,
meine Liebe, die Widrigkeiten des Alltags: Fast wäre ich daran
gescheitert, einen Sarg zu erstehen. Zu allem Unglück regnete es fürchterlich, und ich hatte kein Auto. Aber dann bekam ich doch noch einen
Sarg, wenn auch auf unwürdigen Umwegen. Du ahnst nicht, wie froh ich
war, als Gert mit Deinem Kranz kam und mich der Sorge enthob, ihn auch
noch dafür um Geld zu bitten. Es ist ja alles so kostspielig, und mein
Mann gibt sich in finanziellen Dingen hartleibig. Vieles wollte ich klaglos
ertragen, wenn ich nur über eigenes Geld verfügte. – Mit den praktischen,
nett aussehenden Regenmänteln warst Du unser Retter in der Not. Und
erst die Batistbluse! Sie ist so kostbar, daß nur ein Anlaß wie die
Beerdigung meiner geliebten Mutter Deine Ausgabe halbwegs
rechtfertigt. Auch die Strumpfhosen und Krawatten waren genau richtig.
Meine Liebe, was täte ich ohne Dich? (Lieber Gott, laß mich das nie
erfahren müssen.) – Uta will im nächsten Frühjahr heiraten. Eher geht es
nicht, denn ihr steht eine Magenoperation bevor, deren guten Ausgang sie
abwarten möchte. Die Arbeit mit den behinderten Menschen verlangt ihr
körperlich und seelisch zuviel Kraft ab. Das und manches andere zehren*

1980

an ihrer Gesundheit. Vor einigen Jahren, nach ihrer ersten Magenoperation, vertrug sie wochenlang nur Ovomaltine und haltbaren Joghurt.
Du wirst Dich meiner Not-Rufe erinnern. Dürfen wir auch diesmal auf
Dich zählen? Utas Auserwählter ist nicht nach meinem Herzen. Er macht
gegenwärtig eine Ausbildung zum Pfarrer. Sein Lehrberuf ist
Innenausbauschreiner, doch er war längere Zeit als Lastwagenfahrer
tätig, hat zwischendurch in einer Rock-Band gespielt und dann in
verschiedenen HO-Gaststätten und im Petrochemischen Kombinat
Schwedt gearbeitet. Vielleicht ist es gerade das Wechselhafte, was meine
beständige Tochter fasziniert, denn es heißt ja, Gegensätze zögen sich an.
Der Vater des jungen Mannes hat eine Pfarrei, ist aber mehr politisch als
seelsorgerisch tätig. Er und seine Frau dürfen jedes Jahr zu Verwandten
nach Süddeutschland reisen und sind mit Westwaren gut versorgt. – Aus
dem sozialistischen Bruderland Polen dringt interessante Kunde. Am
Sterbetag meiner Mutter, als Du, wie mir zu Ohren kam, mit einer
bemützten Dame konditern warst, haben die neuen freien Gewerk-
schaften unter dem Namen Solidarität einen Dachverband gegründet mit
einem Werktätigen der Danziger Werft namens Lech Walesa als vorläu-
figem Vorsitzenden. Was diese Entwicklung bedeutet, habe ich mir von
unserm ABV (das bedeutet Abschnittsbevollmächtigter) erklären lassen.
– Gert war bis gestern mit der Eisenbahn in der Sowjetunion. Er mußte
den Transport wertvoller Reitpferde medizinisch überwachen. – Du
erwähnst unter P.S. die Übergardinen, meine liebe Silvia. Als ich das
Angebot las, kam mir Reinhards stehende Rede in den Sinn, wonach der
Großzügigkeit keine Grenzen gesetzt seien. Er fügt dann meist hinzu: Hat
die's gut. In diesem Sinne wäre ich Dir verbunden, wenn Du Dich mit
dem Waschmaschinenspender in Verbindung setztest. Vielleicht kann er
mir den Stoff bringen, bevor mir die Schneiderin abhanden kommt. –

1980

Mein Brief spannt heute einen weiten Bogen vom Abschiednehmen bis zum Dekostoff. C'est la vie, wie der Wiener sagt (Zitat: Reinhard).
Bleibe gesund, empfiehl mich den Deinen und sei ganz herzlich gegrüßt von Deiner mild getrösteten, Dir stets dankbaren Agnes

*

Silvia sucht den Stoff noch am gleichen Tag aus und ruft Gerts ehemaligen Chef an, um ihm Agnes' Liefervorschlag zu unterbreiten. Der bedauert, für den Transport nicht zur Verfügung zu stehen, da er in zwei Tagen eine längere Auslandsreise antreten müsse. Er biete aber an, vorher noch in den Ostteil der Stadt zu fahren, falls Wichtiges auszurichten sei.

Silvia kündigt ein zweites Telefonat an und schließt sich mit Reinhard kurz. Der muß am Wochenende zu einer Übersetzertagung nach Salzgitter. Kongresse und Versammlungen werden oft in Tagungshotels abgehalten, die in den wirtschaftlich schwachen Zonenrandgebieten liegen.

Eine Weile ringt Reinhard mit sich, dann beschließt er, den von Gert mehrfach vorgeschlagenen, von ihm bisher grundsätzlich abgelehnten Weg der Übergabe von Geschenken zu beschreiten: die Transitautobahn. Als Treffpunkt wählt er den ersten Rastplatz hinter Helmstedt in Richtung Berlin. Er spricht selbst mit dem Professor und bittet ihn, Gert für das geplante Unternehmen den nächsten Sonntag vorzuschlagen, und zwar Punkt 17 Uhr. Er nennt das Kennzeichen seines silbernen BMW und läßt ausrichten, Gert möge den Stoffballen aus dem unverschlossenen Kofferraum holen, falls er, Reinhard, aus irgendwelchen Gründen nicht selbst in Erscheinung trete.

1980

★

Während der Tagung kommen Reinhard Zweifel, ob es ratsam sei, mit dem eigenen Wagen zu fahren, dessen Kennzeichen er einem Fremden genannt habe. Selbst wenn der Professor ein Ehrenmann sei, könne es in seiner Umgebung jemanden geben, der der falschen Seite zuarbeite. – Reinhard läßt sein Fahrzeug am Tagungshotel stehen und mietet einen Leihwagen.

Es ist bereits dunkel, als er den Rastplatz eine halbe Stunde vor der vereinbarten Zeit ansteuert. Um möglichst unverdächtig zu erscheinen, geht er erst einmal auf die Toilette und peilt in Ruhe die Lage.

Als er sich eben anschickt, den Kofferraum des Mietwagens aufzuschließen, naht seitlich aus den Feldern ein Fahrzeug. Es ist Gert in seinem alten Wartburg. Dieser Teil der Aktion hätte also geklappt, denkt Reinhard und fühlt sich erleichtert. Verstohlen sieht er sich um. Autos fahren vor und fahren ab, die Tür zum Intershop schwingt auf und zu, die primitiven Toiletten finden Zulauf, zwei Volkspolizisten brausen auf Motorrädern davon.

Gert ist ausgestiegen. Als er mit kurzem Gruß an Reinhard vorbeigeht, glaubt der das Wort Vorsicht gehört zu haben. Der Einstellplatz rechts neben Gerts Wartburg ist frei. Reinhard parkt den Mietwagen dort rückwärts ein und wartet. Gert bleibt lange. Endlich sieht ihn Reinhard im Spiegel. Er steigt aus, öffnet den Kofferraum und hebt den Stoffballen an. Jetzt ist Gert auf seiner Höhe. Schnell, drängt er, nimm.

Gert blickt mißtrauisch nach allen Seiten, dann greift er beherzt zu. Dank dir, Reinhard. Grüß Silvia und die Söhne. Ihr hört von uns. Schon klappt der Deckel des Wartburg-Kofferraums. Der Stoff ist sicher verstaut.

Kommen Sie bitte mit. – Diese Aufforderung ist für Reinhard bestimmt, der vor Schreck erstarrt wie Lots Weib. Den höflichen Wortlaut hintertreibt der gewohnt unwirsche Ton der Volksarmisten.

Mitkommen!, wird Gert angeherrscht und Richtung Felder abgeführt.

1985

Zur Hochzeit seines Cousins im Dezember 1980 ist Reinhard mit seiner Familie nach Berlin geflogen. Den Ostteil der Stadt hat er seit fünf Jahren nicht mehr betreten, denn dort ist er zur unerwünschten Person erklärt worden. Man hat ihn damals stundenlang verhört, ihn angebrüllt, geschüttelt und getreten. Nun ade, du mein lieb Menschenrecht, flicht Reinhard ein, wenn er seine Geschichte erzählt von einem, der auszog, das Fürchten zu lernen. Der Mietwagen ist sichergestellt worden. Sicher vor wem? hat Reinhard die Beamten auf der westdeutschen Seite gefragt, nachdem er von zwei Volkspolizisten zur Grenze befördert worden war. Grimmig hat er hinzugefügt, sein Erlebnis liefere reichlich Material für die Zentralstelle zur Erfassung von DDR-Straftaten in Salzgitter.

Die westdeutschen Zollbeamten haben den Vorfall zu Protokoll genommen und ihm geraten, wegen des beschlagnahmten Fahrzeugs sofort einen Rechtsanwalt einzuschalten. Denn die Herausgabe des Mietwagens durch die DDR-Behörden sei nicht zu erwarten. Er werde auf immensen Kosten hängenbleiben, wenn nicht ein Fachmann dafür sorge, daß seine Versicherung und die des Mietwagenbesitzers sich über den Schadensersatz verständigten.

Gert ist verhört und bis zum nächsten Morgen festgehalten worden. Man hat ihm den Gardinenstoff abgenommen, ihm schwerste Strafen für den Fall angedroht, daß er sich künftig das Geringste zuschulden kommen lasse, und ihn endlich – Gert glaubt, wegen seiner volkswirtschaftlichen Bedeutung – freigelassen. Äußerst ungern nur und auf Druck von weiter oben, behauptet er, das sei deutlich zu spüren gewesen. Doch sogar sein Auto, das beim Verhör dramatisch „Tatwerkzeug" heißt, ist ihm zurückgegeben worden, weil er es beruflich nutzt. Offenbar sitzen in der Klinik einflußreiche Parteigenossen, mit denen es sich die eifrigen Häscher nicht verderben wollen.

★

Im Frühling 1985 reist Silvia bepackt wie ein Lastesel nach Ost-Berlin. Von der Familie kann ihr keiner tragen helfen. Robert studiert für ein Jahr in den Vereinigten Staaten, Claudius befindet sich mit dem Latein-Leistungskurs auf Klassenfahrt in Rom.

Zum Glück hat sich Gert ein paar Stunden freinehmen können, um sie von der S-Bahn abzuholen. Ihre ungefähre Ankunftszeit weiß er von seinem früheren Chef. – Schon von weitem ruft er ihr zu: Willkommen, rheinischer Weihnachtsmann! Er stutzt. Du, sag mal: Kam der früher nicht ein paar Monate eher drauß vom Walde? Im Dezember oder so?

Entlaste mich schon, du Witzbold. Scherze machen wir, wenn du die Sachen schleppst.

Er küßt sie flüchtig auf die Wange und nimmt ihr vorsichtig die Taschen und Päckchen ab. Als Väterchen Frost hättest du's leichter gehabt.

Sie schüttelt ihre Arme aus und pustet auf die schmerzenden Handflächen. Was hat so ein Väterchen Frost denn im Sack? Zuckerwatte und fünfzig Gramm russisches Brot? Dann würde deine Agnes aber gucken.

Was immer du heute bringst: Vergelt's Gott; wir können's ja leider nicht.

1985

Immer noch das alte Lied: Wurst wider Wurst? Wenn es euch besserginge als uns, kämst du als Weihnachtsmann. Sei nett und sprich nicht mehr von Revanche.

Du hast gut reden, sagt Gert und seufzt. Weiß der Himmel, wie das hier weitergehen soll. Es bricht buchstäblich alles zusammen. Er stellt eine der Reisetaschen ab und zeigt auf den verwahrlosten Vorplatz. Das ist nun die Vorzeige-Hauptstadt, das Schaufenster des Sozialismus'. Was glaubst du, wie es auf den Dörfern und in den kleinen Städten im Hinterland aussieht?! Wir nähern uns bei der Versorgungslage polnischen und sowjetischen Verhältnissen.

An mangelndem Fleiß der Leute kann es doch wohl nicht liegen, sondern vermutlich an Korruption und Mißwirtschaft. Die Verantwortlichen arbeiten in die eigene Tasche, oder?

So ist es, sagt Gert, wer das Kreuz hat, segnet sich.

Ich hab gelesen, voriges Jahr haben sie in Moskau den Direktor eines Delikatessengeschäftes wegen Korruption hingerichtet und die Geschäftsführer von Obst- und Gemüsebasen verhaftet.

Hast du auch gelesen, daß danach nichts besser geworden ist? Dazu müßten sie nämlich das ganze System abschaffen. Es gehörte längst mit Stumpf und Stiel ausgerottet. Im Kommunismus ist es dem Fußvolk noch nie gutgegangen. Das wird nur immer stur behauptet. Am stursten bei euch drüben von den vollgefressenen Nichtstuern aus reichem Elternhaus und den unsäglichen K-Gruppen. Im Kommunismus leben nur die Funktionäre wie die Maden im Speck. Schick mir mal ein paar von euren Dummschwätzern rüber, denen wollt' ich schon Anschauungsunterricht erteilen, daß ihnen die Augen übergingen.

Agnes dachte doch eine Zeitlang, die Bewegung in Polen würde das System verändern.

1985

Ach was! Den Kommunismus schafft die Solidarität auch nicht ab. Ich bin kürzlich wieder in Polen und in der Sowjetunion gewesen. Im gesamten Ostblock verfallen die Gebäude innen wie außen, daß man sich wundert, warum die Bruchbuden nicht längst zusammengekracht sind. Denk nicht, die Verantwortlichen spuckten deshalb leisere Töne.

Daß die Menschen nicht aufbegehren!

Das ist ihnen in der Vergangenheit jedesmal schlecht bekommen. Erinnere dich an Ost-Berlin, Ungarn, Prag. Sowjetische Panzer und die Rote Armee sind überzeugende Argumente gegen jeden Aufstand. – Gert legt das Gepäck in den Kofferraum und auf die Rücksitze. Aus dem Matchsack riecht's interessant. Was ist drin?

Kräutertöpfchen. Ich hab sie gestern in einer neuerbauten Markthalle geholt, die sich rühmt, alle Spezialitäten der Welt zu bieten. Dort gibt's sogar Moskauer Gurken.

Darauf könnte ich noch am ehesten verzichten. Wie auch immer: Ob du dir Neubaufassaden in Karl-Marx-Stadt, in Warschau oder in Moskau ansiehst: Dich ödet die gleiche triste Tünche an. Als gäbe es auf der Welt nur noch einen Farbton.

Im Grunde treten wir seit Jahren auf der Stelle, stellt Silvia fest. Wir haben Entspannung und menschliche Erleichterungen erhofft von den Passierscheinabkommen und den Verhandlungen über die Normalisierung der Beziehungen zwischen beiden deutschen Staaten ...

... nicht zu vergessen vom 4-Mächte-Berlin-Abkommen, das zwar das Problem regelte, aber nicht löste, und vom Treffen am Werbellinsee zwischen Kanzler Schmidt und unserm Erich ...

... vom Transitabkommen, vom Verkehrsvertrag, vom Vertrag über die Grundlagen der Beziehungen zwischen beiden deutschen Staaten

1985

und von der Unterzeichnung des Abkommens über den innerdeutschen Handel.

Alles leere Luft! Was die Chose wert ist, erfährst du spätestens, wenn sich Ost und West auf der Transitautobahn treffen. Ich hab mir über die Bande niemals Illusionen gemacht. Daß ausgerechnet mir das passieren mußte, was Reinhard und mir widerfahren ist, hab ich mir bis heute nicht verziehen. Deinem Mann gegenüber werde ich mich bis ans Ende meiner Tage schuldig fühlen.

Das sagst du seit fünf Jahren, Gert. Und ich versichere dir ebensolange, daß dazu kein Grund besteht. – Danke fürs Transportieren. Du kannst sofort zurück zur Arbeit fahren. Der Aufzug und der rheinische Nikolaus schaffen den Rest.

In zwei Tagen wird Agnes fünfzig. Sie will den Geburtstag ganz groß in der Laube feiern. Hinter diesem für sie untypischen Wunsch verbirgt sich für Silvia die schiere Verzweiflung der Freundin. Die Familienmitglieder entgleiten ihr, eines nach dem andern. Nicht die eigene Person möchte Agnes durch dieses Fest herausstellen, sondern dem Alltag mit seinen nie endenden Kümmernissen endlich einmal wieder einen Glanzpunkt aufsetzen.

Ulf hat sich kurz nach der Armeezeit mit einer 18jährigen Musikstudentin verlobt, deren Vater soeben im Rahmen des Kulturaustauschs einen Zeitvertrag als Dirigent eines westdeutschen Opernorchesters unterschrieben hat. Der SED-Staat profitiert von derartigen Vereinbarungen. Denn ein Teil der Bezüge geht in West-Währung an das staatliche Vermittlungsbüro. – Vor der Abreise der Braut und ihrer Eltern heiraten Ulf und Felizitas in Ost-Berlin, und nach einigen Monaten darf Ulf ausreisen. Im Westen angekommen, setzt er alles daran, das Abitur nachzuholen, um doch noch Musiklehrer werden zu können. Nebenbei arbeitet er als Klavierstimmer. Er ist zu stolz, um sich von seinem Schwiegervater aushalten zu lassen. Seine Frau fühlt sich vernachlässigt. Die Ehe scheitert.

Dorothea ist seit 1980 öfters mit Jugendgruppen nach Ungarn in Ferien gefahren. Dort hat sie einen westdeutschen Kraftfahrer kennengelernt, der regelmäßig Konserven mit ungarischen Spezialitäten transportiert. Der verheiratete Mann, Vater mehrerer Kinder aus zwei Ehen, ist dreißig Jahre älter als Dorothea. Von der Beziehung erfahren die Steglichs erst, als ihre Zappelphilippine mit 17 Jahren schwanger wird. Sie sind außer sich. Der Verbrecher, wie der Mann von nun an bei Gert heißt, erscheint nach der Geburt seiner unehelichen Tochter großspurig im Krankenhaus. Es kommt zu einer Begegnung zwischen ihm und Dorotheas Eltern. Sie stellen ihn zur Rede und bezichtigen ihn der Verführung Minderjähriger. Er reagiert laut und primitiv und zählt schamlos Dessous und Leckereien auf, die er dem Mädchen geschenkt habe, obwohl er und seine Leistung im Bett eigentlich Geschenk genug seien. Die Steglichs sind entsetzt.

Silvia gegenüber beschreibt Agnes den Liebhaber ihrer hübschen Tochter als den häßlichen Deutschen schlechthin. Er habe einen Bierbauch und eine unreine Haut, wirke ungepflegt, kleide sich geschmacklos und besitze weder Charakter noch Manieren. Der Gedanke, daß ihr Gottesgeschenk – diese Bedeutung habe der Name ihrer Tochter bekanntlich – sich an ein Scheusal weggeworfen habe, bringe sie um den Schlaf. Gert bezeichnet ihn kurz und knapp als hirnlosen Zuchthengst.

Silvia kann die verbalen Ausbrüche nur zu gut verstehen, aber sie sieht darin wenig hilfreiche Versuche, auf das Unglück der Tochter zu reagieren. Agnes und Gert sind in der Zwickmühle. Sie haben keine

Handhabe gegen den ehrlosen Mann, denn Dorothea hält zu ihrem Verführer. Das Leben will sie sich nehmen, wenn die Eltern ihre Hoffnung zerstören. Sie spricht von Hoffnung, und jedem, der Dorothea kennt, ist klar: Das Mädchen will raus und koste es ihr Leben. Ein Jahr später ist das Großmaul von seiner zweiten Frau geschieden. Er heiratet Dorothea, und sie und das Kind folgen ihm in den Westen.

Weder zu Hause noch bei den Wellers hat sich das früher so anhängliche, lebhafte Mädchen seither gemeldet. Ein schlechtes Zeichen, wie Agnes konstatiert. Sie macht sich Sorgen darüber, daß kein Geld mehr übrig sein könnte für Dorothea und das Kind, wenn der Mann seinen vielen Unterhaltsverpflichtungen nachgekommen ist. Außerdem schließt sie nicht aus, daß er bald für die nächste ausreisewillige Fünfzehnjährige Geld braucht.

Silvia unternimmt nichts, um ein Wiedersehen mit Dorothea herbeizuführen. Ihr ist die Mutter näher als die Tochter. Sie erinnert sich, wie Agnes gekämpft hat, um dieses Kind nicht an die kommunistischen Sportfunktionäre zu verlieren. Nun hat sie es verloren an einen üblen Kapitalisten aus dem Land, dem ihre Sehnsucht galt. Silvia schämt sich für ihren Landsmann. Wenn sie über Agnes nachdenkt, drängt sich ihr zuweilen der Verdacht auf, es walte hinter dem Schicksal ihrer Freundin keine gnädige Allmacht, sondern ein Sadist.

Auch Utas Partnerwahl ist für Agnes ein ständiges Ärgernis. Bleiben die drei Jüngsten, von denen im Moment zwar keine Unbilden drohen, deren ungewisse Zukunft gleichwohl genügend Grund zur Sorge bietet. Zumal der stets kränkelnde Traugott unter allen Steglich-Kindern die schlechtesten Schulnoten heimgebracht und deshalb bisher keine Lehrstelle gefunden hat. Wäre er ein Mädchen, äußert Gert sarkastisch, bliebe uns wenigstens die Hoffnung auf einen reichen Ehemann. Zu was taugt aber ein arbeitsloser Mann ohne Beruf? Er kann eigentlich nur noch Politiker werden.

Silvia hat sich auch diesmal nicht dazu durchringen können, um ein Visum für die Mark Brandenburg einzukommen. Nach Reinhards vorübergehender Festnahme ist sie den DDR-Beamten gegenüber noch mißtrauischer als vorher. Aber sie hat darauf bestanden, zum Ehrentag für die Extras zu sorgen. Darunter versteht sie die Tischdekoration ebenso wie exotische Früchte und frische Kräuter, pikante Soßen und Chutneys, Stangenweißbrot zum Fertigbacken, allerhand Knabbereien, einen ganzen Schwarzwälder Schinken, Käse aus fünf Ländern, Wein und Cognac. Agnes soll sich's und ihren Gästen gutgehen lassen an ihrem Ehrentag. Wie oft hat sich Silvia gewünscht, die Freundin einmal bei sich zu haben und mit ihr durch Kaufhäuser, Boutiquen und Supermärkte zu streifen. Es ist ihr zur Gewohnheit geworden, Auslagen und Schaufenster mit Agnes' Augen zu betrachten. Die Freundin ist allgegenwärtig, ganz gleich, ob Silvia ein fremdes Land erkundet oder in ihrer Stadt durch eine neueröffnete Galerie spaziert. Indem sie die Dinge mit den Augen der Freundin ansieht, bewahrt sie sich die Fähigkeit zum Staunen.

Agnes holt Luft, will etwas sagen, aber der Anblick der Schätze auf Tisch und Anrichte verschlägt ihr die Sprache. Mit herunterhängenden Armen steht sie da, schüttelt den Kopf, als widerspreche ihr Verstand den Augen. Schließlich stößt sie hervor: Wie im Schlaraffenland. Silvia, du lebst im Paradies, weißt du das?

Ich lebe in einem freien Land, Agnes. Das Paradies ist es nicht. Ebensowenig das Schlaraffenland. Dort würden mir die Trauben in den Mund wachsen, und das tun sie nicht.

1985

In meinen Augen doch. Aber ist es nicht sonderbar, daß ich das bei Ulf und Dorothea nicht denke, obwohl sie auch drüben leben?

Silvia schweigt. Sie wundert sich, daß Agnes, die die Verhältnisse im Westen bisher uneingeschränkt verherrlicht hat, plötzlich bereit ist zu unterscheiden zwischen dem gewaltigen Angebot und den begrenzten Möglichkeiten einiger Menschen, davon Gebrauch zu machen.

Silvia, warum tust du das für mich? – Sie hebt abwehrend die Hände. – Nein, sag jetzt nicht wieder, das würde ich ja genauso machen, ginge es dir schlecht und mir gut. Als Protestantin kannst du nicht glauben, dir mit Taten den Himmel zu verdienen, verwandt sind wir auch nicht miteinander ...

... aber befreundet, denk ich doch.

Dann hast du bei Goethe Maß genommen: In der Freundschaft wenigstens wollen wir uns nicht übertreffen lassen.

Gert hat mir vorhin schon ein süddeutsches Vergelt's Gott zuge-rufen. Was ist denn heute los mit euch? Dank-Inflation?

Zu ville Vanille, wa? Dullijöh, Tante Silvia.

Die fährt herum. Traugott, hast du mich erschreckt! Dullijöh, du Stratege. Wie geht's?

Beschissen ist noch geprahlt.

Traugott!

Nee, nee, Mutti, mit Schmus ist meine Lage nicht zu beschreiben. Da müssen deutliche Worte her. Tante Silvia verträgt klares Deutsch. – Er schaut die Besucherin prüfend an. – Stimmt doch?

Mach dir um mir keen'n Kopp, antwortet sie und lacht.

Wo haste denn det her? Ick staune.

Von wem wohl? Von dir.

So wat ... etwas Schönes stammt von mir? – Er grinst.

1985

Silvia würde ihn am liebsten in den Arm nehmen, diesen lang aufgeschossenen, spindeldürren Jungen. Aber sie weiß von ihren eigenen Söhnen, daß nichts sie mehr verletzen kann als das Gefühl, die Erwachsenen rechneten einen Siebzehnjährigen zu den Kindern. – Erinnerungen werden wach: Um diesen Tisch sind sie unzählige Male gezogen und haben ihr Lummerlandlied gesungen. Und wenn sie fertig waren, ist Traugott – das Strichmännchen, wie Uta ihn nannte – immer noch auf seinen Biene-Maja-Beinchen herummarschiert und hat die gesamte Melodie an das Wort Dullijöh verschwendet. Es gehöre ihm, hat er einmal behauptet. Die Geschwister dürften es sich bei ihm höchstens borgen.

Er verzieht die Mundwinkel, wie es Gert tut, bevor er seine in Galle getauchten Bemerkungen fallenläßt, und sagt: Vati meint ja, ohne Abitur und ordentliche Ausbildung bleibt einem hier nur der Gang in die Politik. Jut, jut. Aber kannste dir einen mit Namen Traugott in der SED vorstellen? Ick ooch nich. Opposition, richtige, echte Opposition, gibt es bei uns bekanntlich nicht. Was schlägst du vor, Tante Silvia, da bin ich jetzt aber mal sehr gespannt.

Sie blickt zu Boden und denkt nach, was sie sagen kann. Ratschläge hat sie nicht zu bieten, und mit Gemeinplätzen ist dem Jungen nicht gedient.

Siehste woll? Die Antwort ist Schweigen. Natürlich könnte ich irgendwas tun. Wenn wo Bückware anjerollt is, könnt ick mit 'ner Flüstertüte in die Hinterhöfe loofen und die Neuigkeit bekanntmachen. Oder det Neue Deutschland austragen. Oder abjehauene Köter einfangen. Oder für Olle un Krüppel einkoofen jehn.

Was wärst du denn gern geworden, wenn es keine Hinderungsgründe gäbe?

Tierarzt.

1985

Seine Mutter wirft ihm einen Blick zu, den Silvia auffängt. Liebe, Rührung und Verzweiflung liest sie darin.

Und außer Tierarzt? Was würdest du noch gern werden?

Einsiedler. Nicht weit von unserer Laube haust einer. Waldemar. Den ärgert keen Mensch mehr. Er hat ein Wildschwein großgezogen. Mit dem lebt er in 'ner ollen Kate. Er hält sich Hühner, Schweine, Schafe. 'n Hund hat er ooch. Det wär so'n Traum von mir.

Und wovon lebt er? Nur von Eiern und Schafsmilch?

Der Staat gibt dem, der nüscht verdient, einen Gnadengroschen. Davon kooft Waldemar Kleidung, Brot und mal Grabower Küßchen, wenn er großet Glück hat. Die ißt er so gern.

Schaumküsse, Mohrenküsse aus Grabow in Mecklenburg, dolmetscht Agnes. Bei euch Negerküsse.

Bei uns Negerküsse, bestätigt Silvia. In der Gastronomie gibt es noch Zigeunerschnitzel und Negerküsse. In anderm Zusammenhang müssen Zigeuner als Sinti oder Roma bezeichnet werden, und die Neger heißen neuerdings entweder Menschen anderer Hautfarbe oder Schwarze. Putzfrauen gibt es auch nicht mehr. Die werden Reinigungsfachkraft genannt. Müllmänner sind Entsorgungsfachkräfte.

Moment, sagt Agnes, das schreib ich mir auf.

Tante Silvia, weißt du eigentlich, daß du für Vati und Mutti das sprachliche Tor zum Westen bist?

Das bestreite ich aus sicherer Kenntnis. Deine Eltern waren über die Verhältnisse, besonders über das Warenangebot bei uns schon bestens im Bilde, als es mich in eurer Familie noch nicht gab.

Da hatten wir den Professor und seine Frau, stellt Agnes klar, und ein paar andere Bekannte im Westteil der Stadt. Dann wurde der Professor geschieden und interessierte sich höchstens noch am

Rande für die alltäglichen Dinge um ihn her. Seine Frau zog weit weg, und die andern Bekannten aus dem goldenen Westen wurden es mit den Jahren leid, sich unser Gejammer anzuhören. Seit zwanzig Jahren, liebste Silvia, bist du unsere wichtigste Informationsquelle, daran besteht kein Zweifel. Ganz zu schweigen von dem, was du sonst für uns bedeutest.

Damit Agnes nicht noch eins draufsetzt, wechselt Silvia das Thema. Hat sich Isolde aus der Schweiz eigentlich noch immer nicht gemeldet?

Nein. Selbst ihre Mutter hat nichts von ihr gehört. Nachdem sie rausgekauft worden war, hatte ich im stillen gedacht, ihr Pilot würde eines Tages bei uns schellen und Grüße überbringen. Aber inzwischen glaube ich, Isolde hat den Mann und sein Geld nur benutzt und ist längst in einem andern Land. Sie hatte etwas Unstetes, Unsolides. Den Begriff Treue bringt man mit ihr wahrlich nicht in Verbindung.

Agnes breitet hilflos die Arme aus. Isolde, Dorothea ... die gehen in den Westen, und es ist, als hätte sie dort ein Walfisch verschlungen.

Aber von Ulf hast du Nachricht?

Gelegentlich kommt ein Brief. Nachrichten enthält er nicht, nur belanglose Sätze à la: Hier geht es gut. Wie steht es dort? – Ich muß etwas Wesentliches falsch gemacht haben, sonst liefe nicht so vieles verkehrt. Da müht man sich ab, seine Kinder ...

... zu hochdeutsch sprechenden Christen und Humanisten zu erziehen, fällt ihr Traugott ins Wort, und dann berlinern sie wie Zille-gören und denken laut darüber nach, ob sie zu den Kommunisten überlaufen sollen.

Es gibt Dinge, mein Sohn, die sagt man nicht mal im Scherz.

Da bin ich anderer Meinung. Jeder muß seinen eigenen Weg finden, mit den Verhältnissen hier fertigzuwerden. Die meisten richten

1985

sich ein, so gut es geht. Sie schaffen sich ihre Idylle, indem sie mit dem Trabi aufs Laubengrundstück knattern, stundenlang Federball spielen und Rotkäppchensekt saufen. Ich versuche es im Augenblick mal mit Spott. Möglich, daß mir das auf Dauer nicht hilft. Dann muß ich mir was Neues einfallen lassen. Du und Vati, ihr habt doch auch eure Tricks. Zum Beispiel sagt ihr im Gegensatz zu allen andern Bürgern dieses Landes Laube statt Datsche. Ihr seid auf eure Weise konsequent und verweigert euch.

Und du?

Ich akzeptiere grundsätzlich keine Tabus.

Ein großes Wort. Agnes wendet sich kopfschüttelnd ab.

Silvia schaut zwischen Mutter und Sohn hin und her. Ihr ist unbehaglich zumute. Zum erstenmal erlebt sie in der Familie Steglich, daß Spannungen nach außen dringen. Daß es sie immer gegeben hat, stand nur zu vermuten. Sie hat sich früher bisweilen gefragt, wie es Agnes fertigbringe, über Jahre hinweg so überzeugend Einigkeit zu demonstrieren. Ein Herz und eine Seele bei acht Köpfen und ebensovielen verschiedenen Charakteren, das käme einem Mysterium gleich. Hat Agnes bisher vielleicht irgendwelche Druckmittel benutzt, die zumindest bei Traugott nicht mehr wirken? Schade, daß es Fragen gibt, die sie auch nach zwei Jahrzehnten der Freundschaft noch nicht zu stellen wagt. – Mir kommt da ein Gedanke, sagt sie. Traugott, weißt du, was ein Autodidakt ist?

Jemand, der sich selbst was beibringt.

Vorzugsweise Bildung, lächelt Silvia. Würdest du gern Fremdsprachen lernen?

Och, Russisch hatte ich in der Schule, mich auf Englisch und Französisch nach dem Klo zu erkundigen, hat mir Mutti beigebracht. Das langt eigentlich.

1985

Na, es gibt schon noch ein paar andere Sprachen. Von morgens bis abends auf eine Lehrstelle zu warten, muß entsetzlich niederdrückend sein. Du solltest die Zeit ausnutzen.

Wozu? Meine Chancen stehen gleich Null, damit je was anfangen zu können.

Sich Bildung anzueignen, war nie verkehrt. Man kann gar nicht genug lernen, Junge. Doch wie du meinst. Ich dachte nur gerade an die Videokassetten, die Onkel Reinhard bearbeitet hat. Damit lernt es sich im Selbststudium leichter als aus Büchern. Einen Fernseher habt ihr inzwischen angeschafft. Und den erforderlichen Videorecorder hätte ich durch den Professor herbringen lassen.

Klingt gut, meint Traugott. Aber soviel ich weiß, dürfen wir das Gerät gar nicht besitzen. Ein Freund von mir sagt, drüben gucken sie damit Pornographie, und Genosse Erich will kein Volk von Schweinen regieren.

Traugott, mir fehlen die Worte. Was für ein Freund soll das sein, der dir solche Sachen erzählt?

Keine Namen, Mutti. Die Wände haben Ohren.

Dein Grinsen ist impertinent. Und überhaupt: Was du heute aufführst vor Tante Silvia und mitten in meine Geburtstagsvorfreude hinein, das ist ...

... schändlich, beschämend, unverzeihlich?

O Herr, könnt ich bei dem, was ich erlebe, doch bloß einen andern Sender einstellen oder wie beim Fernsehgerät einen andern Kanal!

Silvia bemüht sich, die Freundin auf andere Gedanken zu bringen. Sie klatscht einmal kurz in die Hände. Wie wär's, ich hülfe dir beim Wegräumen der Fressalien, und anschließend gingen wir beide irgendwo essen? Ich lade dich zum Vorgeburtstagsdiner ein. Die beiden Kleinen sind bis zum Nachmittag in der Schule, und Traugott kann sich bestimmt selbst etwas kochen, nicht wahr?

Kochen, wiederholt er gedehnt. Das hatte ich eigentlich nicht vor. Aber laß nur, hier liegt doch genug Eßbares.

Das sollte dir so passen, protestiert seine Mutter. Tante Silvias Geschenke sind bis zum Geburtstag tabu.

Wie ich schon sagte: Ich akzeptiere grundsätzlich keine Tabus.

Silvia legt ihre Hand auf seinen Arm. Aber du respektierst das Eigentum deiner Mutter, wie ich dich kenne.

Von der Diele her dringt das Geräusch eines sich im Schloß drehenden Schlüssels. Die Blicke der drei sind gespannt auf die Etagentür gerichtet.

Nanu? sagt Agnes. Braucht Gert ein frisches Hemd?

Statt ihres Mannes tritt Uta ein, groß und sehr schlank, immer noch hellblond und stupsnäsig, aber nicht mehr pausbäckig wie als kleines Mädchen.

Seine Älteste besitze den sechsten Sinn für die Gelegenheiten, bei denen es etwas abzustauben gebe, hat Gert behauptet. In der Tat wüßte Silvia auf Anhieb keinen ihrer Besuche zu nennen, in dessen Verlauf Uta nicht scheinbar zufällig vorbeigekommen wäre und sich dann ziemlich schnell mit Früchtemüsli oder Fertiggerichten wieder davongemacht hätte. Seit Silvia von Agnes erfahren hat, daß Utas Schwiegereltern – im Steglichschen Sprachgebrauch: der SED-treue Hirte und seine Genossin – mit Sondergenehmigung regelmäßig in den Westen reisen und über größere DM-Beträge verfügen, womit der Einkauf im Exquisit während der reisefreien Zeit sichergestellt ist, sieht sie sich nicht mehr in der Pflicht, etwas zu Utas Wohlergehen beizutragen.

1985

Ich hatte dich erst zum Fest in der Laube erwartet, sagt die Mutter nach liebevoller Begrüßung.

Silvia bildet sich ein, Agnes könne unmöglich beglückt sein über den Besuch zum jetzigen Zeitpunkt. Und eigentlich, meint sie, hätte Uta auch schellen können, statt einfach hereinzuplatzen. Doch in Agnes' Stimme schwingt nicht der geringste Ärger mit, und ihr Gesicht strahlt vor Wiedersehensfreude.

Uta-Schätzchen, könntest du für dich und Traugott Mittagessen kochen? Speckkartoffeln vielleicht oder Milchreis mit Apfelmus. Tante Silvia und ich gehen essen.

Utas Zeigefinger wandert zwischen ihr und Traugott hin und her. Könnten wir da nicht mitkommen?

Was zuviel ist, ist zuviel, denkt Silvia. Es fehlte noch, daß die Mutter sich breitschlagen ließe. Seit Ulf und Dorothea im Westen sind, hat Silvia den Eindruck, Agnes regiere ihre Kinder nicht mehr, wie sie es früher klug ausgewogen mit Strenge und Zuneigung tat, sondern buhle um sie. Am liebsten würde Silvia die Entgegnung der Freundin gar nicht abwarten und riskieren, daß der Bescheid nachgiebig ausfällt. Laut und vernehmlich möchte sie kundtun, was sie von Schmarotzern hält.

Nimm's mir nicht übel, Uta, sagt Agnes, und ihre Stimme klingt, als heische sie um Entschuldigung für ein Vergehen, das im Grunde unverzeihlich ist. Offen gestanden wär ich gern mit Tante Silvia allein. Es gibt so sehr viel zu erzählen, und ich hab nur so selten etwas von ihr. Das wirst du sicher verstehen.

Sicher, flachst Traugott, sicher wär ich da nicht. Er stößt seine Schwester mit der Schulter an. Na, Frau Pastor? Mit Insistieren is Neese. Hilft nur noch Jewalt.

1985

Die sei ferne von mir, erwidert Uta und hat die Lacher auf ihrer Seite.

Auch Silvia ist versöhnt. Für Schlagfertigkeit und Mutterwitz hat sie ein Faible. Manchmal geschieht es, daß ihr eine Äußerung der Steglich-Kinder in den Sinn kommt und sie noch im Abstand vieler Jahre laut auflachen muß. Im Geschäft hat sie täglich Kontakt zu Kindern verschiedener Altersstufen. Eine besorgniserregend große Zahl von ihnen ist nicht mehr in der Lage, Gedanken zu ordnen und sich klar und verständlich auszudrücken. Die Fähigkeit, seine Wünsche in vollständigen Sätzen darzulegen, muß vielen Jugendlichen im Westen in den letzten zehn Jahren abhanden gekommen sein. Silvia glaubt, der Wohlstand und die Reizüberflutung wirkten sich allmählich lähmend aus und führten dazu, daß Kinder schulische Leistung verweigerten und mit primitiven Signalen wie boah, ey, hä? und Nonsens-Sprüchen auf primitivem Niveau wie zum Beispiel total ätzend, voll geil, echt cool und so weiter gegen die gängige Sprache protestierten. – Und in angenehmem Gegensatz zu den sprachverarmten wohlstandsverwahrlosten Kindern im Westen, zu denen gottlob die eigenen Söhne nicht zählen, stehen die Steglichschen Kinder mit ihren witzigen, phantasiereichen Formulierungen. Unter Luxus verstanden sie dehnbare Schnürsenkel, bunte Glasmurmeln und Gummibären, keine sündhaft teuren Uhren, Designer-Klamotten und neuesten Computer. Auch Robert und Claudius sind bewußt zum Maßhalten erzogen worden, wenn die Umstände, unter denen sie aufwuchsen, auch nicht mit denen der Freunde in Ost-Berlin verglichen werden können.

Wirst du noch hier sein, wenn wir zurückkommen? möchte Utas Mutter wissen.

Eher nein.

1985

Sofort trennt Agnes zwei Bananen von dem eben erhaltenen Bund, holt ein Fertiggericht und zwei Tütensuppen aus ihrem eigenen Vorrat und drückt das alles ihrer Tochter in die Hände. Mach's gut, meine Uta, bis übermorgen.

Ich stimme für Speckkartoffeln, gibt Traugott bekannt. Bin bloß mal auf einen Sprung unterwegs.

Wohin?

Geheimnis, flüstert der Junge. Große Ereignisse werfen ihre Schatten voraus.

Bis baldinowski.

Tschüssikowski, gibt seine Schwester zurück. Vergiß das Wiederkommen nicht.

Später zuhause wird sich Silvia den Vorwurf machen, Traugott nicht zur Etagentür nachgegangen zu sein und ihm unauffällig einen Geldschein in die Hand gedrückt zu haben, damit er seiner Mutter davon etwas Sinnvolles kaufen kann. Denn im Gegensatz zu seinem großen Bruder ist er handwerklich überhaupt nicht geschickt. Und auf selbstgemalte Bilder kann ein Junge in seinem Alter nicht mehr zurückgreifen. Er hat kein eigenes Einkommen und ist auf das Taschengeld angewiesen, das ihm sein Vater gibt – nicht eben üppig und nicht immer pünktlich, wie sie aus Gesprächen mit Traugott weiß.

Agnes und Silvia essen ausgezeichnet in einem kürzlich errichteten Hotel. Ost-Berliner Restaurants meidet Silvia. Es ist ihr bis auf den heutigen Tag ein Rätsel geblieben, woran die Damen und Herren des Gastgewerbes den Westler erkennen.

1985

An den Schuhen, behauptet Gert, an der übrigen Kleidung nicht mehr ohne weiteres. Agnes meint, am offenen Gesichtsausdruck. In den Augen der DDR-Bevölkerung stünden Angst und Mißtrauen. Bezeichnend sei, daß man inzwischen allerorten auf die sächsische Verneinung stoße. Sätze wie: Sie werden nicht wissen, wie ich zum Bahnhof komme? oder: Von hier fährt doch kein Bus mehr, nicht wahr? höre man längst weit über Sachsens Grenzen hinaus. Positives werde nicht einmal mehr gedanklich für wahrscheinlich gehalten.

Bevor Silvia im andern Teil Deutschlands Freunde fand, war sie einmal während einer Aktionswoche in einem Wäschegeschäft. Neben ihr stand eine ziemlich gewöhnliche Frau und durchwühlte einen Stapel pflegeleichter Unterröcke. Eine Verkäuferin machte die Kundin darauf aufmerksam, daß es sich bei den Teilen um Wäsche zweiter Wahl handele. Die Frau erwiderte, das mache nichts, sie suche etwas Billiges. Die Unterröcke seien für ihre Verwandten in der Zone bestimmt. Für die sei ein Stück mit Fehler immer noch gut genug. – Silvia hat ihre Empörung damals mit keinem Wort kundgetan. Wenn sie heute an das Erlebnis denkt, schämt sie sich ihrer Feigheit. Aber vielleicht, grübelt sie, muß man an eine konkrete Person denken, um öffentlich Partei zu ergreifen. Seit sie Agnes persönlich kennt, hätte sie zu einer vergleichbaren Taktlosigkeit nicht mehr geschwiegen.

Reinhard hat in den letzten Jahren alle Erdteile bereist. Wenn er später davon berichtet, daß in dem einen Lokal nur Weiße, im andern keine Uniformierten zugelassen seien, daß auf dieser Parkbank kein Neger sich ausruhen, jene Stadt nur von Muslimen bevölkert werden dürfe, weigert sich Silvia, an die Lernfähigkeit der Menschheit zu glauben. Was hat sich geändert seit der Zeit, als die Nazis den Juden die Fahrt mit öffentlichen Verkehrsmitteln verboten? Die trennende

1985

Kordel in DDR-Lokalen ist nur eines von unzähligen Beispielen alltäglicher Diskriminierung.

Agnes hakt Silvia unter. Fünfzig, sagt sie. Übermorgen bin ich fünfzig. Ich hätte nicht gedacht, daß ich ein halbes Jahrhundert alt werden würde. Mal ehrlich: Du auch nicht.

Auf wen bezogen? fragt Silvia. Als ob sie das nicht genau wüßte.

Agnes kommt zu kurz. Sie ist immer zu kurz gekommen. Wie sollte sie sich mit einer andern Person als mit sich beschäftigen, wenn sie – selten genug – jemanden bei sich hat, dem es um sie geht?

Andererseits würde Silvia auch gern mal über sich sprechen. Nicht von ihren Befürchtungen, jung zu sterben. Aber zum Beispiel davon, daß sie ihren Entschluß bereut hat, das im Laufe der Jahre zu einem Elf-Mann-Unternehmen gewachsene Fotoatelier zu kaufen. Seither ist sie nicht mehr dazu gekommen, im Labor zu arbeiten, und damit fehlt ihr etwas Wichtiges. Alle Routine hat dem Wunder, das ihrer Empfindung nach dort geschieht, nichts von seiner Faszination nehmen können. Wann immer sie in der Dunkelkammer stand, war es für sie ein erregendes Ereignis, wenn sich das Bild in der Entwicklungsschale allmählich schwärzte und zu erkennen gab.

Statt dessen sitzt sie im Büro, rechnet, da sie sich keinen Buchhalter leisten zu können glaubt, die Gehälter ihrer teils stundenweise, teils halbtags, teils vollbeschäftigen Angestellten aus, verhandelt mit Vertretern, bestellt Material und hilft beim Bedienen, wenn's schwierig wird. Gewiß, sie macht die Porträtaufnahmen jener Kunden, die ausdrücklich wünschen, daß Silvia Weller hinter der Kamera steht. Doch das, was sie gelernt hat und gern tut, ist an den äußersten Rand gerückt. Den größten Teil des Tages verrichtet sie Arbeiten, die ihr zuwider oder lästig sind.

1985

Du wolltest den Laden. Jetzt hast du ihn. – Mehr, vor allem aber Tröstlicheres weiß Reinhard zu Silvias veränderter Lage nicht zu sagen. Einen Rat gibt er ihr nicht. Sie würde ihre Situation gern in Ruhe mit einem einfühlsamen Menschen erörtern, am liebsten mit einer Frau. Doch ihre Beziehung zu Agnes war von Anfang an so intensiv, daß sie keine anderen Freundschaften pflegen oder neu aufbauen konnte. Schließlich war sie voll ausgelastet mit Familie, Haushalt, Beruf und der Jahrhundert-Baustelle Steglich, wie Reinhard ihr Ost-Berliner Engagement bis heute umschreibt.

Auf wen bezogen? Na, auf mich.

Silvia weicht aus. Sie möchte nicht zugeben, daß sie ebensowenig gedacht hätte, Agnes würde die fünfte Null erreichen. – Es ist doch bekannt, daß die Schlanken eine verhältnismäßig hohe Lebenserwartung haben.

Ohne Zuchthauserfahrung mag das stimmen. Aber Krieg und Einsitzen gehen vom Ende ab. Ich habe nur immer gehofft, nicht fortzumüssen, bevor meine Kinder allein klarkommen. – Weißt du, was ich mir für übermorgen am meisten wünsche?

Viele gutgelaunte Gäste?

Einen durch nichts getrübten Tag.

Da muß ich an Reinhard denken. Der hat auf seinem automatischen Anrufbeantworter, auf dem man kurze Mitteilungen hinterlassen kann, folgende Aufforderung: Unangenehme Nachrichten bitte vor, angenehme nach dem Pfeifton sprechen.

Agnes bleibt stehen und runzelt die Stirn. Das hab ich jetzt gehört, aber nicht verstanden.

Na, aufgezeichnet wird doch nur, was man nach dem Pfeifton sagt.

1985

Er will das Unangenehme gar nicht wissen ... Jetzt begreife ich. Ach, meine liebe Silvia, hab Erbarmen mit Agnes, dem dummen Lamm, das hinterm Mond lebt und von Technik herzlich wenig Ahnung hat. Und so gerne viel davon verstünde.

Das geht mir nicht anders. Früher hat Reinhard großen Wert darauf gelegt, der einzige in der Familie zu sein, der die Bohrmaschine benutzen, Reifen wechseln, einen Videorecorder programmieren konnte. Ich hatte genug mit anderen Arbeiten zu tun und war nicht versessen darauf, ihm in die Quere zu kommen. Dann war ich durch seine Auslandsreisen oft wochenlang allein und mußte mit einem tropfenden Wasserhahn fertigwerden, mit einem ausgehakten Fensterscharnier, mit dem Überspielen eines Textes vom Radio auf eine Kassette oder mit dem Aufziehen der Winterreifen. Und siehe da: Die männliche Domäne war durchaus auch von einer Frau zu bewältigen. Viele Arbeiten machten mir sogar Spaß. Ich hätte mir nur gewünscht, in bezug auf mein Wissen nicht immer bei Null anfangen zu müssen.

Eine Weile gehen sie schweigend nebeneinander her. Dann sagt Agnes: Seit Ulf und Dorothea im Westen sind, habe ich immer öfter eine quälende Szene vor Augen. Nicht im Traum, sondern am hellen Tage. Ich sehe meinen Vater vor mir, dessen Geldberuf die griechische und lateinische Sprache war und dessen Interesse der Geschichte und Kultur der griechisch-römischen Antike galt. Er hebt ein Lehrbuch hoch, das er geschrieben hat, und fragt mich, was ich als Lebensleistung vorzuweisen hätte. Ich führe die Erziehung und Versorgung meiner Kinder an, und er sagt nach jedem Namen, den ich nenne: gescheitert.

Aber Agnes! Davon kann nicht die Rede sein. Du hast deine Aufgaben als Mutter vorbildlich erfüllt und tust es bis auf diesen Tag. Dein

1985

Vater würde das anerkennen, wäre er am Leben. Warum schüttelst du solche Alpträume nicht energisch ab?

Weil sie stärker sind. Und weil es wahr ist, daß ich gescheitert bin. Wenn ich heute stürbe, hätte ich als Bilanz meines Lebens nichts Bleibendes vorzuweisen.

Was für ein Unsinn! Was soll das sein: Bleibendes? Es gibt nichts Wichtigeres als den Menschen. Gott hat ihn über alle Kreatur gesetzt. Du hast sechs Kinder geboren und ihnen Liebe geschenkt und Fürsorge, bist ihnen Beispiel gewesen und hast ihnen Wissen und Bildung vermittelt. Nichts davon war umsonst. Alles ist in ihnen verborgen wie ein Saatkorn und wird zu seiner Zeit aufgehen. – Sie hält inne. – Entschuldige, ich fange an zu predigen. Dazu bin ich nicht berufen.

Woher weiß man, wozu man berufen ist? Ich bin nicht dazu gekommen, darüber nachzudenken.

Lauter als eigentlich beabsichtigt, so, als wolle sie das Thema damit beenden, sagt Silvia: Wer seine Pflicht erfüllt an seinem Platz, ist ein großer Mensch. Größer jedenfalls als jemand, der lieblos und halbherzig seine Arbeit verrichtet und sich und andern einredet, er sei zu Höherem berufen. Wäre dein Leben anders verlaufen, hättest du vielleicht eine wissenschaftliche Karriere gemacht oder wärst in einem kunsthandwerklichen Beruf erfolgreich. Gut möglich, daß du dann gern tauschtest mit Frau X, die das seltene Glück hat, sechs Kinder großgezogen zu haben.

Ich trauere keiner beruflichen Karriere nach, Silvia. Den Platz in der Familie habe ich nie geringgeachtet oder ungern eingenommen. Aber ist es denn zuviel verlangt, wenn ich an meinen Kindern sehen möchte, daß meine Arbeit nicht vergeblich war?

1985

Lächelnd entgegnet Silvia: Sisyphos, heißt es, sei ein glücklicher Mensch gewesen.

Gestatte, daß ich zweifle.

Ja, wen haben wir denn da? Silvia Weller! ruft jemand hinter ihnen und ist trotz seiner schweren Fotoausrüstung gleich darauf schon neben ihnen.

Das nenne ich Überraschung! Silvia reicht dem sportlich gekleideten älteren Herrn erfreut die Hand. Agnes, das ist Johannes Vogel aus München, einer der wenigen Künstler unter den Fotografen, die ich kenne. – Großer Kollege, vor Ihnen steht meine Freundin Agnes Steglich. Nicht von unserer Fakultät, dafür eine außerordentlich begabte Meisterin der Scherenschnitte.

Er verbeugt sich und meint gutgelaunt: Das Wiedersehen muß gefeiert werden. Wozu darf ich die Damen einladen?

Agnes ringt mit sich. Man sieht es ihr an. Einerseits möchte sie jede Gelegenheit ergreifen, Westbesucher kennenzulernen. Denn irgendwann könnte ihr einer von ihnen als Brieftransporteur nützlich sein. Ganz allgemein hält sie es niemals für verkehrt, gutbetuchte Landsleute für ihre Situation zu problematisieren, eine Formulierung, die sie vor Jahren bei Reinhard gehört und übernommen hat. – Andererseits muß sie heim, um sicherzustellen, daß Gabriele, ihr Nesthäkchen, rechtzeitig zur Klavierlehrerin kommt. Christiane hat Konfirmandenunterricht und kann sich nicht um die Schwester kümmern.

Silvia weiß, daß es Agnes nicht übers Herz brächte, ihr mit dem Argument häuslicher Verpflichtungen die Freude zu verderben. Darum übernimmt sie es, abzusagen. – Sie bedankt sich in ihrer beider Namen für die Einladung, die sie bedauerlicherweise nicht annehmen könnten, weil ein paar Straßen weiter in der Wohnung der Frau Steglich mehrere Kinder ungeduldig auf sie beide warteten.

Schade.

Ich hab mich auch über unser Wiedersehen gefreut, versichert sie. Zwei Jahre sind es mindestens her, seit wir uns das letzte Mal unterhalten haben. Wie wär's denn, wir träfen uns heute abend in Tegel? Ich fliege um neun. Wann geht Ihre Maschine?

In einer Woche. Aber das heißt nichts. Deshalb kann ich selbstverständlich nachher zum Flughafen kommen. Sagen wir: Um sieben am British Airways-Schalter?

Abgemacht. Vorausgesetzt, die Grenzer lassen mich raus.

Tja, runter kommt man garantiert, scherzt er, aber ob man hier rauskommt, das weiß man nie sicher. – Er wendet sich an Agnes, die den Blick abwechselnd über die bordeauxfarbenen Slipper des Mannes und die gleichfarbige Jacke mit den zahllosen Taschen schweifen läßt. Frau Steglich, finde ich Ihr Porträt in Frau Wellers eindrucksvollem Buch?

Agnes blickt fragend auf Silvia. Du hast ein Buch herausgebracht?

Das ist lange her. – Sie hat nie mit ihr darüber gesprochen. Erstens mag sie sich der Freundin gegenüber nicht wegen eines kleinen Erfolges großtun. Sie kann sich denken, was in einer begabten Frau vorgeht, die sich ständig links und rechts überholt sieht. Zweitens will sie vermeiden, daß sich Agnes falsche Vorstellungen von dem erhaltenen Honorar macht. – Lieber Herr Vogel, der Fotoband enthält ausnahmslos Atelieraufnahmen, zu denen meine Freundin unglücklicherweise nicht zur Verfügung stand. Die Politik setzt ihrer Reiselust gewisse Grenzen.

1985

Er zwinkert Agnes zu. Wie ironisch sie wird, die Gute. Ich wollte doch nur freundlich sein und kundtun, daß Silvia Weller ein Schmuck unserer Zunft ...

Danke, das reicht, bremst ihn seine Kollegin. Komplimente machen affig. – Der Leica und der Contax über Ihrer Schulter entnehme ich, daß Sie beruflich hier sind. Was fotografieren Sie?

Ganz bestimmte Straßenzüge oder Gebäudekomplexe. Ich bin dabei, sie über einen längeren Zeitraum hinweg aus dem gleichen Blickwinkel im Bild festzuhalten. Das mache ich seit gut zehn Jahren in mehreren westdeutschen Städten und in beiden Teilen Berlins. Heut früh waren die Häuserblocks an der Karl-Marx-Allee dran.

Agnes verzieht spöttisch den Mund. Sie vergaßen hinzuzufügen: Bevor noch mehr Kacheln von den Fassaden fallen. Ich möchte wissen, was es am sozialistischen Prachtboulevard Besonderes gibt. Sie haben drüben doch wahrlich lohnenswertere Motive.

Sein rechter Zeigefinger schwingt hin und her wie die Nadel eines Taktmessers. Ich halte die Wohnblocks im stalinistischen Zuckerbäckerstil für erhaltenswert.

Sie sind der Künstler.

Das klingt ungefähr wie: Irren muß man recht geben. Er lächelt sie an. Könnte es stimmen, daß Sie wenig Aussicht haben, als Fremdenführerin eingesetzt zu werden?

Agnes lächelt zurück. Warum fragen Sie das nicht die Gestalten, die man zu Ihrem persönlichen Schutz abgestellt hat? Sie deutet mit dem Kopf auf zwei Männer, die in der Nähe stehen und rauchen.

Er winkt ab. Den Doppelschatten nehme ich schon gar nicht mehr wahr. Die Mannsbilder sollen darüber wachen, daß ich nichts Verbotenes dokumentiere. Sollen sie doch! Die machen ihren Job, und ich

1985

tu den meinen. Man arrangiert sich halt. Was bleibt einem übrig? – Er rückt die Baskenmütze auf seinem kahlen Schädel zurecht.

Wenn die Westbesucher weniger duldsam und unterwürfig wären und die Regierung in Bonn weniger spendabel ...

... und die Honoratioren der freien Welt Seine Majestät Herrn Dachecker Hondecker, wie mein Mann wortzuspielen pflegt, nicht so byzantinisch hofieren würden ...

... verbindlichen Dank, Silvia, ... dann bestünde vielleicht die Aussicht, daß dieses System irgendwann zusammenkracht.

Und dann?

Agnes schaut Herrn Vogel ungläubig an. Das fragen Sie doch nicht im Ernst?

Wir müssen, mahnt Silvia.

Als sie aus dem Fahrstuhl kommen, dringen Stimmen und Gelächter aus der Steglichschen Wohnung.

Hat dein Traugott Freunde mit nach Hause gebracht?

Agnes horcht angestrengt. Von seinen Bekannten ist das keiner, glaubt sie zu wissen. Sehen wir mal nach, wer bei uns noch was zu lachen hat.

Während Agnes aufschließt, hören sie Traugott aufgeregt rufen: Sie kommt! Los, hier rinne!

Agnes runzelt die Stirn. Wo rinne? sagt sie mehr zu sich als zu Silvia und strebt energisch Richtung Küche.

Silvia zieht die Freundin zur Garderobe zurück. Gib ihm noch eine Minute. Vielleicht plant er eine Überraschung.

1985

Sie hängen ihre Mäntel auf, da tönt es vierstimmig aus dem Wohnzimmer: Freuet euch der schönen Erde, denn sie ist wohl wert der Freud!

Agnes greift nach Silvias Hand und schließt die Augen.

Auch Silvia ist tief angerührt von der Idee zu diesem Ständchen und von den wunderbar klaren Stimmen. Sie würde die jungen Leute gern singen sehen, aber sie wagt nicht, Agnes aus ihrer Andacht zu reißen.

O was hat für Herrlichkeiten unser Gott da ausgestreut, wiederholt Agnes den Liedtext und drückt Silvias Hand. Sie geht voran ins Wohnzimmer. Dort stehen zwei Mädchen und zwei junge Männer, etwa achtzehn Jahre alt, und beginnen gerade ihr zweites Lied: Das Glücke kommt selten per Posta, zu Pferde; es geht zu Fuße, Schritt vor Schritt. – Sie lassen sich durch die Eintretenden überhaupt nicht stören.

Silvia freut sich innig, Zeuge dieses vorab überreichten Geburts-tagsgeschenks zu werden. Sie versucht, die offensichtlich aus dem Westen stammenden Sänger einzuordnen. Alle tragen hellblaue Jeans und dunkelblaue Poloshirts einer französischen Nobelmarke. Das gepflegte lange Haar der Mädchen und der ordentliche Schnitt der Jungen läßt auf ein gutes Elternhaus schließen. Geschwister scheinen sie trotz des einheitlich blonden Haares nicht zu sein. – Nach der Telemann-Vertonung stimmen sie als drittes und letztes Lied Beethoven an. Goethes Mignon gehört zu Agnes' liebsten Kunstliedern. Wer den Auftrag zu diesem Ständchen gegeben hat, muß das wissen. Wenn es Traugott war, wie kommt er an die Sänger aus dem Westen?

Kennst du das Land, wo die Zitronen blühn ...? Agnes ist über-wältigt. Sie schluckt und blinzelt gegen die Tränen an. Trotzdem muß sie die stimmbegabten jungen Leute immerzu ansehen, die ihr ein solches Glück bereiten. Als sie enden, geht Agnes auf sie zu, nimmt jeden von ihnen in den Arm und dankt ihnen, so gut es die Rührung zuläßt.

Auch Silvia begrüßt das Quartett und bedankt sich für den Kunstgenuß.

Was Traugott schon weiß, erfahren die Frauen dann: Daß die vier Sänger aus Hamburg kommen, Mitglieder eines bekannten Jugendchores sind und an zwei Abenden Auftritte im Westen der Stadt haben.

Ulf! stößt Agnes hervor, als sie Hamburg hört, und springt auf. Ist er hier? Sie will hinaus, um in allen Räumen nachzusehen.

Nein, nein, beeilt sich einer der Jungen zu erklären. Ihr Sohn hat uns nur geschickt. Er selbst möchte nicht riskieren, nach dem Geburtstagsbesuch nicht mehr zurück zu dürfen. Ulf sagt, wenn die Behörden wüßten, daß er geschieden ist, könnten sie behaupten, damit sei der Grund für die Erlaubnis zur Ausreise hinfällig.

Agnes bemüht sich, ihre Enttäuschung zu überspielen. Traugott, hast du unsern Gästen denn wenigstens etwas angeboten? Das haben sie sich doch wohl redlich verdient. Wo ist Uta überhaupt?

Anbieten? Traugott pumpt mit den Armen. In der kurzen Zeit, und wo doch beinahe alles tabu ist? Uta war übrigens schon weg, als ich heimkam.

Bitte machen Sie sich keine Umstände, sagt eines der Mädchen. Wir müssen sowieso gleich gehen.

Aber für ein Glas Brause wird's noch reichen, nicht wahr?

Bleib sitzen, Agnes. Silvia eilt in die Küche.

Woher kennen Sie unsern Ulf? erkundigt sich Agnes.

1985

Er hat mal unser Klavier gestimmt, berichtet ein Junge. Wissen Sie, er ist mit unserm Chorleiter befreundet, und der vermittelt Ihrem Sohn ab und zu Kunden.

Ich kenne ihn über meinen großen Bruder, erzählt ein Mädchen. Der interessiert sich fürs Orgelbauen. Davon versteht Ulf ja was.

Sie haben dir einen Brief von ihm mitgebracht, meldet Traugott. Den habe ich schon weggesteckt, weil nicht sicher war, daß sie dich noch erwischen.

Nicht auszudenken! Silvia, wenn du nicht gedrängt hättest, wäre mir diese Freude entgangen, dieses großartige Konzert ...

Ach, Mutti! Wäre, hätte! Ist doch aber nicht! Warum kannst du dich nicht ausnahmsweise mal einfach nur freuen?

Tu ich doch, mein Junge. Ich freue mich ja.

Da schellt es Sturm. Klo frei? grinst Traugott und läuft zum Türöffner.

Die jungen Sänger trinken ihre Gläser aus und stehen auf. Wir möchten nicht stören, sagt das kleinere der beiden Mädchen freundlich. Dürfen wir uns verabschieden?

Inzwischen ist der Fahrstuhl im siebten Stock gelandet. Christiane und Gabriele drängen heraus und erkundigen sich schon im Flur bei ihrem Bruder, ob Tante Silvia da sei.

Ihr könnt vielleicht Fragen stellen, frotzelt Traugott und gibt die Etagentür mit einladender Handbewegung frei.

Tante Silvia, Mutti! ruft Christiane von der Diele aus. Ick hab nur fünf Minuten Zeit. Bin verdonnert worden zur Feier Dreißig Jahre Jugendweihe. Den Konfirmandenunterricht muß ick heute notgedrungen sausen lassen. – Oh! Noch mehr Besuch? – Sie zögert nur eine Sekunde, dann umarmt sie erst einmal die Tante Silvia, denn nur

1985

ihretwegen ist sie überhaupt nach Hause gekommen. Für lächerliche fünf Minuten.

Mönsch! wundert sich Antje, das größere der beiden Hamburger Mädchen. Die steht ja da wie Ulf! Dolle Ähnlichkeit. Is ja 'n Ding!

Christiane läßt Tante Silvia los, damit auch die kleine Schwester zu ihrem Recht kommt, die den Rücken der Tante beschmust und ihr unbedingt ins Ohr sagen muß, was sie für Muttis Geburtstag gebastelt hat. Christiane wendet sich den Hamburgern zu. S-steht, das klingt witzig, findet sie. S-stoßt ihr alle an den s-spitzen S-stein?

Wir können auch 'sch', behauptet Antje, und wie auf ein geheimes Kommando sprechen die vier: Sportler streben stets nach Spitzenstellung.

Die andern applaudieren.

Herrje, ausgerechnet jetzt muß ick weg, wo's so lustig ist!

Die Mutter möchte ihr die Jungen und Mädchen gern noch vorstellen. Denk nur, Christiane, der Ulf hat sie hergeschickt, mir ein Geburtstagsständchen zu bringen. Es war wunderbar. – Plötzlich fällt ihr ein, was die Tochter da eben verkündet hat. Aufgebracht fragt sie: Du sollst das Jubiläum der Jugendweihe befeiern? Ja, sag mal! Was haben denn wir mit der atheistischen Weltanschauung des Marxismus-Leninismus zu tun? Wir sind Christen.

Silvia erschrickt über den plötzlichen Ausbruch vor unbekannten Besuchern. Sie beruhigt sich aber, als sie sich klarmacht, Agnes dürfe gewiß davon ausgehen, daß Ulf seine zuweilen unvorsichtige Mutter gut genug kenne, um ihr keine Gefahr ins Haus zu schicken.

So ungefähr die letzten konsequenten Christen, wie's aussieht. Traugott nimmt seiner jüngsten Schwester den Schulranzen ab. Vati hat eine Statistik gesehen, darin stand, schon 1978, also vor sieben

1985

Jahren, erhielten 284 000 die Jugendweihe, nahezu hundert Prozent eines Jahrgangs.

Einer der Hamburger Jungen berichtet, sein Vater sei kürzlich in der Sowjetunion gewesen. Dort seien die Kirchen verboten. Er habe mit eigenen Augen gesehen, daß in ehemaligen Gotteshäusern Schweine geschlachtet würden und Schmieden untergebracht seien. In einer besonders hübschen Kirche mit vergoldetem Zwiebelturm hätten sie Fisch verkauft. – Die DDR-Führung lasse doch in der Sowjetunion denken. Wieso dann nicht auch hier die Kirchen längst zweckentfremdet seien?

Das würde so manchem gefallen, sagt Agnes. Aber an der Wiege des Protestantismus' liegen die Dinge etwas anders. Der DDR-Staat schmückt sich mit Johann Sebastian Bach und Martin Luther. Zu deren Wirkungsstätten in Sachsen und Thüringen pilgern Devisenbringer aus aller Welt. Deshalb trauen sie sich an die Kirchengebäude nicht ran. Sie versuchen, das Christentum von innen auszuhöhlen.

Mit Erfolg, bestätigt Traugott. Inzwischen schaffen sogar unsere Pfarrer den Spagat und lassen ihre Kinder in der achten Klasse an der Jugendweihe teilnehmen und in der neunten konfirmieren. Bei gläubigen Katholiken mit Priestern in der engeren Verwandtschaft geht das genauso: Kommunion plus Jugendweihe.

Lau is schlau, meldet sich Gabriele und blickt beifallheischend in die Runde.

★

Die Linden blühen und verströmen ihren unvergleichlichen Duft. Silvia läßt den Wagen stehen und geht zu Fuß. Auf ihrem Heimweg liegen mehr als zwei Kilometer lindenbestandener Straßen und Alleen.

1985

Sie entlangzugehen bedeutet ihr Wonne. Seit Jahren gönnt sie sich den Genuß wenigstens einmal im Frühling. Sie atmet den lieblichen Geruch tief ein und spricht Ina Seidels bestes Gedicht vor sich hin: Unsterblich duften die Linden ...

Erlebnisse wie dieser Abendspaziergang unter duftenden Linden zählen für sie zu den Sternstunden. Es bedarf nicht viel, sie innerlich frohzustimmen. Der Gesang einer Amsel, der Blick in einen Blüten-baum reichen aus. Für sie sind es die kleinen Dinge, die das Glück ausmachen.

Je älter sie wird und je öfter sie allein ist, um so klarer erkennt sie, daß ihre Zeit andern Menschen gehört hat, seit sie erwachsen ist. Für sie selbst waren nie mehr als Augenblicke übrig. Niemals hat sie auch nur einen einzigen Tag zu ihrem eigenen Vergnügen gehabt. Immer sah sie sich in die Pflicht genommen – für andere, durch andere. Sich kümmern bedeutet lieben, hat sie aus einer Predigt ihres Pfarrers gelernt. Übertragen auf das Gebot, seinen Nächsten zu lieben wie sich selbst, hieße das: Sie hat ihr Lebensboot einseitig beladen und wird früher oder später kentern.

Agnes würde solche Gedanken vermutlich in bezug auf die Freundin absurd finden. Ein Leben in Freiheit und Wohlstand bringt sie nicht mit Selbstaufgabe oder fehlender Eigenliebe in Verbindung. Es ist in ihren Augen ein Geschenk wie Gesundheit und angeborene Intelligenz. Für Agnes hat Silvia das große Los gezogen – mit einem Hobby als Beruf, dem eigene Haus, den wohlgeratenen Söhnen und deren brillanten Zukunftsaussichten. In letzter Zeit fragt sich Silvia zuweilen, ob sie selbst schuld daran sei, daß ihr Leben in den Augen der Freundin so leicht, erfreulich und begünstigt erscheint. Gemessen an Agnes' Problemen sind ihr die eigenen Schwierigkeiten früher läppisch vorgekommen. Sich ihrer Leistungen zu rühmen oder über

1985

Arbeit zu stöhnen, wäre ihr nicht eingefallen. Ging es ihr gesundheitlich schlecht, brauchte sie nur an die Zuchthausjahre und die Nierenoperation der Freundin zu denken und an die zerbrechliche Gestalt, um ihre eigenen Probleme keiner Erwähnung wert zu finden.

Sie betrachtet das Foto, das sie bei ihrem letzten Besuch von der fast fünfzigjährigen Agnes gemacht hat. Ihre Magerkeit verbirgt keine noch so mollige Wolljacke. Alle Blusen und Röcke fallen an ihr herunter wie von einem Kleiderbügel. Seit Reinhard nicht mehr mitreisen darf, nimmt Silvia wenigstens einmal im Jahr eine Kamera mit nach Ost-Berlin. Gern tut sie das nicht, denn in den siebziger Jahren ist ihr einmal ein belichteter Film mutwillig zerstört und ein anderes Mal die wertvolle Kamera weggenommen worden, weil sie angeblich Verbotenes abgelichtet hat.

Diesmal ist es ihre neue Nikon F 301, die sie mit Herzklopfen durch die Grenzkontrollen schleust. Sie hätte es sich nicht verziehen, einen so wichtigen Geburtstag ihrer Freundin nicht dokumentiert zu haben. Wäre sie ohne Kamera gereist, gäbe es auch nicht die netten Schnappschüsse vom Aufbruch der vier Hamburger Lerchen und das Foto von der knabenhaften Christiane mit ihren dunklen Knopfaugen, wie sie der Tante Silvia von der Tür aus eine Kußhand zuwirft.

Reinhard wird sich freuen, wenn er die Bilder sieht. In wenigen Tagen kommt er aus Sydney zurück. Seit er an internationalen Produktionsgesellschaften beteiligt ist, die Lehrvideos herstellen, befindet er sich häufiger auf Reisen als zu Hause. An der Sprachenschule unterrichtet er längst nicht mehr, auch nicht mehr aushilfsweise, ist aber nach wie vor als Redenschreiber tätig. Die Auslandsaufenthalte stellen gar kein Problem dar. Er faxt seinen Auftraggebern die gewünschten Texte mittlerweile vom Ende der Welt schneller, als die

1985

Manuskripte früher innerhalb einer Stadt durch Eilboten befördert werden konnten.

Für Sport und Sternenkunde fehlte ihm lange Jahre das Geld. Er hat keine Gelegenheit versäumt, das zu beklagen. Inzwischen könnte er sich den Besuch von Olympiaden und Weltmeisterschaften leisten und zu Vorträgen bekannter Astronomen reisen, doch nun mangelt es ihm an Zeit.

Bei einer seiner Unternehmungen hat Reinhard Schiffbruch erlitten. Der wirtschaftliche Verlust traf sie ausgerechnet zu der Zeit, als Silvia das Risiko eingegangen war, das Atelier zu erwerben, und dafür einen hohen Kredit aufgenommen hatte. Einige Monate glichen ihre finanziellen Verhältnisse denen ihrer ersten Ehejahre. Der Rückschlag bereitete Silvia manche schlaflose Nacht. Sie sah sich schon um Haus und Ehre gebracht. Zu ihrem Erstaunen verlor Reinhard nicht den Mut. Er überzeugte seine Bank davon, daß er mit dem nächsten Projekt auf die Gewinnerseite wechseln werde, wenn man ihn noch einmal mit einem großzügigen Kredit ausstatten würde. Seine Prognose erwies sich als richtig. – In zwanzig Jahren, so hat er ausgerechnet, wenn andere Leute in Rente gingen und sich nach der Decke strecken müßten, werde er alle Kredite getilgt haben und leben können wie Gott in Frankreich.

Silvia ist davon nicht überzeugt. Seit Reinhard viel Geld einnimmt, gibt er viel aus. Seine Ansprüche wachsen in eben dem Maße, wie der Verdienst steigt. Als sie mit dem Pfennig rechnen mußten, trug er irgendeinen Dufflecoat oder Trench. Neuerdings trotzen seine Mäntel angeblich nur dann der Kälte und dem Regen, wenn das Schild eines königlich-britischen Hoflieferanten eingenäht ist.

★

1985

Der Scherenschnitt, den Silvia vier Wochen nach ihrem Besuch erhält, ist völlig anders beschaffen als die früheren. Erwartet hatte sie die Darstellung einer Geburtstagstorte oder des Gabentisches. Statt dessen sieht sie einen Vogelkäfig mit offener Tür. Darauf kann sie sich beim besten Willen keinen Reim machen. Um zu verstehen, was das außergewöhnliche Motiv bedeutet, muß sie den beigefügten Brief lesen.

Meine liebste Silvia,

in Deinen wie in Ulfs Briefen folgt der Anrede ein Komma, darum packe ich meine in Jahrzehnten liebgewordenen Ausrufezeichen nun auch in die Kiste. Das nur vorab. – Mein Geburtstag in der Laube verlief aufregend. Warum, das wirst Du gleich erfahren. Die Kinder kamen früh um sechs gratulieren und brachten aus der Küche herrlichen Kaffeeduft mit. Sie hatten den Tisch bereits festlich gedeckt, sehr reichlich zudem, so daß die mir zugedachte riesige 50 aus Hefeteig an einem Bindfaden von der Decke hängen mußte. Die Bastelarbeiten der Mädchen waren entzückend: Christiane hatte ein himmelblaues Brillenetui aus Samt mit meinen Initialen bestickt. Die Kleine überreichte mir ein Lesezeichen aus Reispapier, das sie mit getrockneten Blumen sehr hübsch beklebt hatte. Dann kam Traugott mit Ikarus' Vogelkäfig und schenkte mir einen Wellensittich mit Namen Felix. Sein Name verhieß Glück, doch das währte nicht lange. Gert hatte in Gedanken das Fenster geöffnet, als der Vogel auf Traugotts Arm saß. Du kannst Dir denken, was geschah. Wir haben eine Stunde lang gesucht und gelockt. Alles umsonst. Der Junge hat mir leidgetan, daß ich's gar nicht beschreiben kann. Ich war zwei Tage vorher unbedacht genug gewesen, in seiner Gegenwart zu sagen, das von Ulf in Auftrag gegebene Ständchen sei mein schönstes Geschenk.

1985

Woraufhin Gert nur halb im Scherz entgegnete, das sei gut zu wissen, denn nun könne er sich die Mühe sparen, im zwangsbewirtschafteten Berlin fünfzig rote Rosen aufzutreiben. Uta und ihr Mann, das befreundete Arztehepaar und weitere neun Personen aus unserem Bekanntenkreis trafen gegen Mittag in der Laube ein. Dank Deiner umsichtigen Gabenlieferung konnte ich meine Gäste ausgezeichnet bewirten. Allem Ungewöhnlichen wurde eifrig zugesprochen. Ich kratzte sämtliche Energiereste in mir zusammen, um das Unglück mit Fröhlichkeit zu übertönen. Traugott ließ sich nicht anstecken. Er saß bis zum Abend bleich und geistesabwesend da. Später erfuhr ich von den Mädchen, wie er an den Vogel gekommen ist. Er hat sich schriftlich verpflichten müssen, einer alten Frau ein Jahr lang das Anmachholz zu spalten und in den dritten Stock zu tragen. – Am Tag nach Deinem Besuch hatte ich die Freude, Deinen Kollegen noch einmal begrüßen zu können. Herr Vogel rief an, ob es mir recht sei, daß er ganz kurz vorbeikomme. Er brachte mir edlen französischen Orangenlikör, weil er am Abend vorher von Dir gehört hatte, es gebe etwas zu feiern. Von Dir sprach er mit großer Hochachtung. Er hat mir erzählt, wie Ihr Euch vor vielen Jahren auf der Photokina kennengelernt und danach meist bei der Messe in Köln getroffen habt. Auf einem Seminar in München hättet Ihr einmal die ganze Nacht an der Hotelbar gesessen und geredet. Ein sympathischer Herr mit guten Manieren. Während er bei mir war, kam Gerts früherer Chef aus West-Berlin. Der treue Mensch brachte mir ein Transistorradio, das ich mir von ihm hatte wünschen dürfen. Jetzt kann ich beim Bettenmachen und beim Wannescheuern, beim Bügeln und beim Aufwischen klassische Musik hören. – Als tatsächlich kein Krümel und kein Tropfen mehr übrig waren von all den Schleckereien westlicher Herkunft, da brachte mir die Post eine Klappkarte von Dorothea mit dem vorgedruckten Text: Leider habe ich Deinen Geburtstag verschlafen ...

Auf der Innenseite der Karte reibt sich ein Murmeltier die Augen. Muß ich solche Krücken für Ideenarme und Schreibschwache wirklich witzig finden? Wenigstens hat sie allein unterschrieben, so daß ich mich nicht am Ende noch bei ihrem unwürdigen Ehepartner für etwaige Heuche- leien bedanken muß. – Ach, meine liebe Silvia, wie gern hätte ich Dir von einem ungetrübt schönen Tag berichtet, an dem alles zusammenpaßte. Es hat nicht sollen sein. – Bleibt mir, Dir zu danken, daß ich auch mit traurigen Nachrichten zu Dir kommen darf, für Deine Beständigkeit und Treue, für Deine Großzügigkeit und Hilfsbereitschaft, für Deine Freundschaft, die tiefer nicht sein könnte. Daß wir uns trotz Trennung so nah sind! Grüße Deine Lieben, die auch mir lieb sind, und sei Du von Herzen gegrüßt von immer Deiner Agnes

1990

Die Botschaft seh' ich wohl, allein mir fehlt der Glaube, flachst Gert und bleibt nahe dem Pariser Platz vor dem pompösen Gebäude der sowjetischen Botschaft stehen. Er wendet sich an Reinhard. Weißt du noch, alter Junge?

Natürlich! So hast du gewitzelt, als wir in den siebziger Jahren schon einmal, wenn auch in gebotenem, nicht etwa in gebührendem Abstand hier vorbeikamen.

Und beschlagen, wie du nun einmal bist, hast du ergänzt: Der Tragödie erster Teil.

Ihr habt beide das Zeug zum Kabarettisten, lacht Silvia und klopft ihnen auf die Schulter. Das Publikum ahnt gar nicht, was ihm entgeht.

Afterkünste, sagt Agnes so abfällig wie möglich. Daß wir heute miteinander durch Berlin und morgen, wenn uns danach ist, durch Bonn oder Paris bummeln können, verdanken wir anderen. Wir vier haben nichts dazu beigetragen.

Beitragen dürfen, korrigiert Gert. Wir wollten doch an den Friedensgebeten in der Leipziger Nikolai-Kirche und in der Dresdner Kreuzkirche teilnehmen. Sie haben uns nicht reisen lassen.

Ja, wir mußten uns zur Zeit der Montagsdemonstrationen beim ABV melden. Aber vielleicht hätte ich in Berlin etwas Vergleichbares auf die Beine stellen können, wenn ich nur mutiger gewesen wäre.

Dieser Mut, behauptet Gert, hätte jemanden mit deinem politischen Sündenregister direktemang ins Zuchthaus katapultiert. Das kannst du unmöglich vergessen haben.

1985

Um die Wende herbeizuführen, hat vieles zusammengewirkt, wirft Silvia versöhnlich ein. Eure Beharrlichkeit wird ihren Teil beigesteuert haben.

Beharrlichkeit ist ein positiv besetzter Begriff. Gert verzieht die Mundwinkel. Uns ist negativ-feindliche Einstellung zur DDR vorgeworfen worden. Daß die an den Grundfesten gerüttelt haben soll, kann ich mir nicht denken.

Die Zeit war reif, stellt Reinhard nüchtern fest. Vor fünf Jahren hätten alle Wir-sind-das-(oder ein-)Volk-Rufe und Montagsgebete und Gorbatschow und die Ungarn nichts ausgerichtet.

Für mich stand und fiel alles mit der Angst, sagt Gert. Als Moskau die Demontage des Eisernen Vorhangs in Ungarn am 19. August 1989 nicht von Panzern beantworten ließ, hatten die unterdrückten Menschen im gesamten Ostblock plötzlich keine Angst mehr. In diesem Augenblick waren die kommunistischen Herrscher am Ende. Nur so erklärt sich die Geschwindigkeit der dann folgenden Ereignisse.

Agnes nickt. Der SED-Staat war längst am Ende. Der Devisenmangel führte zu überall sichtbaren Versorgungsengpässen. Wir haben oft genug mit euch darüber geredet. Schon 1975 mußten DDR-Zeitungen zur Papierersparnis ohne Sonntagsausgabe erscheinen. Die Mängellisten wurden immer länger: Kein Papier, keine Farbe, kein Verbandsmaterial, kein oder vergammeltes Obst und ewig die angematschten Paprikaschoten, miserable Fleischversorgung ...

... allein zwischen 81 und 82 gingen wegen Futtermittelmangels die durchschnittlichen Schlachtgewichte pro Tier um 15 Prozent zurück, meldet sich Gert als Fachmann zu Wort. Trotzdem mußten die Verpflichtungen gegenüber den sozialistischen Bruderländern zu hundert Prozent erfüllt werden. Denen ging es bekanntlich noch dreckiger.

1985

Auch den Gulaschkommunisten? fragt Reinhard ungläubig.

Auch denen. Kein Wunder, daß für unsere Bevölkerung nur noch Schwarten, Füße und Ringelschwänze vom Schwein und Bürzel, Hälse und Mägen von zähen Suppenhühnern übrig waren.

Eigentlich, findet Silvia, müßte man den Hausfrauen ein Denkmal setzen. In meinen Augen sind sie die wahren Helden. Wieviel Erfindungsreichtum, Können und guter Wille gehören dazu, in Notzeiten eine Familie zu versorgen. Ich habe Agnes immer bewundert für ihre Fähigkeit, mit geringsten Mitteln den größtmöglichen Effekt zu erzielen.

Danke. Aber so schlimm war das nicht. Irgendwas gab es immer zu kaufen. Und mit deinen Würzsoßen und Brühwürfeln wurde sogar die zehnte Paprikavariation in vierzehn Tagen genießbar.

Nanu, denkt Silvia, das klang aber noch vor einem Jahr völlig anders. Am 9. November 1989 um 18.57 Uhr erlaubte der Ministerrat der DDR seinen Bürgern die Ausreise. Noch in der gleichen Nacht stürmten 200 000 Menschen durch die Mauer. Agnes war dabei. Sie und viele mit ihr gerieten in einen nie erlebten Freudentaumel und weinten und lachten gleichzeitig. Die endlich Befreiten ließen sich von Wildfremden umarmen und beschenken. Mit westlichen Geldscheinen und Münzen, einer Telefonkarte, mit Schokolade, Rosen und einer Currywurst stand Agnes vor der Gedächtniskirche und ließ den Freudentränen freien Lauf. Unbeschreibliche Szenen spielten sich ab. Es war, als beherrsche alle der Wunsch zu beweisen, daß die Demonstranten in Leipzig und Dresden und auch die vom 7. Oktober auf dem Alexanderplatz jene berühmt gewordenen vier Wörter nicht vergeblich gerufen hatten: Wir sind ein Volk!

1985

Agnes gelangte nach Mitternacht im Auto eines KadeWe-Verkäufers vor das Haus des Professors, der das Unfaßbare seit Stunden im Fernsehen verfolgte. Von seiner Wohnung aus rief Agnes früh um sechs bei den Wellers an.

Silvia erinnert sich genau der Worte ihrer Freundin. Sie habe wegen der nächtlichen Stunde nur durch die Schaufensterscheiben spähen können, berichtete sie mit tränenerstickter Stimme. Aber was sie dort gesehen habe, sei mehr, als sie allein verkraften könne. Sie brauche sie, damit Silvia sie an die Hand nehme bei ihrem ersten Gang durchs Schlaraffenland. Wenn es eben möglich sei, werde sie in den nächsten Tagen ins Rheinland kommen.

Zwei Tage später, es war ein Samstag, standen Agnes und Gert mit ihrem alten Wartburg vor der Wellerschen Garage. Das Wiedersehen war bewegend. Die befreundeten Paare lagen sich stumm in den Armen und weinten hemmungslos. Sie versuchten erst gar nicht, den Gefühlsüberschwang mit ironischen Bemerkungen zu dämpfen.

Gert hatte sich Urlaub genommen, um die neugewonnene Freiheit auf sich wirken zu lassen. In der Nacht vom 9. auf den 10. war er zum Nachtdienst eingeteilt gewesen und hatte Agnes' Nachricht neben dem Telefon gefunden, als er morgens heimkam. Kurz nach ihm war auch sie eingetroffen, ganz erfüllt von dem Geschehen, randvoll mit Geschichten, die sie in der Nacht erlebt hatte und die sie unbedingt loswerden mußte. Mit drei Ausdrücken sei ihr Bericht geradezu gespickt gewesen, so Gert: Unfaßbar, unglaublich und Wahnsinn; letzterer Begriff sei, wie er von Agnes erfahren habe, zwischen Mauer und Kudamm inflationär gehandelt worden, weil offenbar kein Mensch zu glauben imstande gewesen sei, daß das, was er erlebte, irgendeiner Norm entspreche oder wirklich sei.

1985

Traugott und Christiane war im September 1989 die ebenso riskante wie aufreibende Flucht über Ungarn in den Westen geglückt. Sie hatten vom Aufnahmelager in Bayern aus sofort Kontakt zum Professor aufgenommen, der den Eltern zuverlässig Bericht erstattete. Durch seine Vermittlung verbrachten sie zur Zeit der Grenzöffnung einen vierwöchigen Erholungsurlaub auf der Ranch eines deutschstämmigen Tiermediziners in den Vereinigten Staaten.

Gabriele, inzwischen fünfzehnjährig und seit ihrer Konfirmation der Oberschule verwiesen, war mit dem Gemeindepfarrer auf einer Familienfreizeit. Da sie gut Klavier spielt, hübsch zur Gitarre singt und eine nette Art besitzt, mit kleinen Kindern umzugehen, hatte der Pastor den Vorschlag gemacht, sie zehn Tage lang in Kirchendienst zu stellen.

Das erste gesamtdeutsche Wochenende, wie einige Zeitungen titelten, geriet zu einem eindrucksvollen Beweis der Zusammengehörigkeit. Viele Behörden arbeiteten ausnahmsweise am Samstag, um jedem DDR-Bewohner zu den ihm zustehenden hundert Mark Begrüßungsgeld zu verhelfen. Zahlreiche Geschäfte blieben den ganzen Samstag geöffnet und wetteiferten mit Geschenken und Zeichen guten Willens gegenüber den glücklichen Brüdern und Schwestern.

Silvia lief mit Agnes durch Supermärkte und Kaufhäuser, durch Süßwarengeschäfte und Einkaufsgalerien. Gert wurde von Reinhard durch einen Heimwerkermarkt gelotst. Der überwältigte Besucher verstieg sich zu der Behauptung, die Verkaufsfläche entspreche der Größe des Roten Platzes. Reinhard ermunterte ihn, den Einkaufswagen mit allem zu beladen, was er für den Erhalt der Laube brauche. Das ließ sich Gert nicht zweimal sagen. Er karrte mit Nagel- und

1985

Dübelsortimenten, sonnengelber und königsblauer Ölfarbe, Dachs-
haarpinseln, Sägeblättern und signalfarbenem Klebeband zur Kasse,
um plötzlich kehrtzumachen und die Ware sorgfältig wieder in die
Regale zurückzustellen. Statt dessen legte er eine Schlagbohrma-
schine in die Mitte des Einkaufswagens und rollte sie mit verzückter
Miene so behutsam zur Kasse, als mache er mit einem Neugeborenen
die erste Ausfahrt. Es sei, erklärte er später auf dem Weg zum Auto,
mit dem Warenangebot wie mit der Rede- und Reisefreiheit. Man
müsse nicht unbedingt Gebrauch davon machen; das einzig Wichtige
sei, es überhaupt zu können: frei reden, reisen, kaufen.

Agnes stand im Supermarkt vor dem Brotangebot, nahm Packung
um Packung in die Hand, griff mit den angebundenen Zangen nach
Dutzenden Brötchen, ohne sie in die bereitliegenden Tüten zu stecken,
trat zurück und schlug die Hände vors Gesicht. Das sei zuviel, rief sie
ein ums andere Mal. Und Silvia wußte nicht, ob sie das Brot und die
Vielfalt meinte oder die Wirkung des Überangebotes auf sie. Als sie
fragte, ob Agnes lieber hinausgehen und nicht weitergucken wolle,
hatte sie ein Blick getroffen, der ungefähr ausdrückte: So wenig kennst
du mich? Verstehst du nicht, daß ich mich sammeln muß zwischen den
überwältigenden Eindrücken? Daß ein Mensch wie ich nicht von einem
Moment auf den nächsten von den mageren Jahren in die fetten
wechseln und davon unberührt bleiben kann?

Ich glaube, das bringt mich um, sagte Agnes.

Sie waren zurück in die Wohnung gefahren. Silvia hatte ihre Vor-
räte gezeigt und Agnes die Entscheidung überlassen, was sie essen
und trinken wolle. Sie wählte eine Zusammenstellung, die Silvia eher
einem unvernünftigen Kind als einer besonnenen Frau zugeschrieben
hätte. Aber sie ließ die Freundin gewähren, die von sich selber
gewöhnlich behauptete, sie komme problemlos mit einer Stulle pro Tag

klar. Agnes hatte so vieles nachzuholen. Da erschien es durchaus verständlich, daß sie möglichst viele neue Genüsse auf einmal kennenlernen wollte. Nicht umsonst lautete ihr Wahlspruch: Nutze den Tag. Carpe diem stand auch auf der ersten Seite ihrer Kladde, in der sie seit Jahrzehnten Denkwürdigkeiten sammelte.

Als Gert und Reinhard vom Baumarkt zurückkamen, wurde Agnes bereits von Durchfall gequält. Gert ließ sich berichten, was sie zu sich genommen hatte, und machte stirnrunzelnd tststs. Altbier mußtest du kosten? Agnes! Du sollst ...

... Sag es nicht. Spar dir den Atem.

Was soll er nicht sagen? wollte Reinhard wissen.

Den passenden Tip aus dem Hauskalender des Hypochonders: Du sollst dein krankes Nierenbecken nicht mit kalten Bieren schrecken.

Hättest du ihn mal beherzigt. Übrigens auch den andern: Mäßigung nur macht hienieden deinen Magen recht zufrieden. Joghurtdessert, Bier, Rosinenstuten, kesselfrische Fleischwurst und Bergische Sahnewaffeln mit heißen Kirschen? Nimm's mir nicht übel, Weib, aber das gehört mit Dünnpfiff bestraft.

Es wurde trotzdem ein unvergeßlich schönes Wochenende. Harmonisch und gefühlsbeladen, wie Reinhard sagte.

Agnes geriet aus dem Staunen und Bewundern nicht heraus. Für sie war alles einzigartig, das Angebot an Essen und Trinken, die technischen und elektronischen Geräte, die überquellenden Bücher-regale, die Wohnungseinrichtung, die Videokassetten mit Reinhards Sprachlehrgängen. Was für ein Überfluß! Wieder und wieder rief sie aus: Das ist zuviel, das ist zuviel!

Am Montag vormittag brachen sie auf, weil sie noch für zwei Tage nach Hamburg zu Ulf fahren wollten. Agnes hatte darauf bestanden, alle von ihr ausgelöffelten Kunststoffbehälter mitzunehmen. Silvias

1985

Einwand, wenn sie das systematisch weiterbetreibe, werde ihre Berliner Wohnung bald einer Müllhalde gleichen, ließ sie nicht gelten. Joghurtbecher und Rote-Grütze-Behälter seien Kunstwerke, die man unmöglich wegwerfen könne.

Wegwerfen hieß das gestern, erklärte ihr Reinhard mit komischem Ernst. Heute lautet das Verb: entsorgen. Das ist nämlich der feine Unterschied. Was weggeworfen wird, ist für die Wiederverwendung verloren. Wird dagegen ein Joghurtbecher entsorgt, gelangt er in einen Kreislauf. Der Kunststoff wird zermahlen und neu gepreßt. Und siehe da, der ehemalige Joghurtbecher findet sich in einer Gießkanne oder Klobrille oder Quietscheente wieder.

Ach was?! Gert rubbelte sein rechtes Ohr. Jetzt sag bloß noch, das nennt man dann auf deutsch recyclen.

Die Wellers amüsierten sich. Gert dürfe auch von Reinkarnation bereits benutzten Rohstoffes sprechen, grinste Reinhard.

Silvia erhob ihr Glas. Auf euch, liebe Freunde. Ich finde es immer wieder erstaunlich, wie genau ihr auf dem laufenden seid. Euch kann man einfach nichts Neues erzählen.

So war das gewesen bei ihrem ersten Zusammentreffen auf westdeutschem Boden. Und jetzt? Silvia bleibt ein paar Schritte hinter den andern zurück. Agnes hat Gert und Reinhard untergehakt und redet auf sie ein. Silvia fragt sich neuerdings manchmal, ob das noch dieselbe Agnes Steglich sei, die sie vor 25 Jahren kennenlernte. Äußerlich hat sich nichts an ihr verändert. Sie ist immer noch schmal wie ein Handtuch, hat das gleiche wasserstoffblonde Haar und kleidet sich unauffällig. Doch in ihrem Wesen scheint sich ein Wandel zu vollziehen.

1985

Agnes ist jetzt zuweilen ungerecht und in belanglosen Fragen seltsam aufbrausend. Liegende Achten müsse sie mit dem Aufnehmer schreiben, sonst könne der Fußboden nicht sauber werden, hat sie Silvia gouvernantenhaft gerügt. Und eine zur Hälfte gefüllte Geschirrspülmaschine in Betrieb zu setzen, nur weil es mittags Fisch gegeben habe, sei Geldverschwendung. – Gereizt und zänkisch ist Agnes früher nie gewesen, selbst wenn es ihr körperlich gerade besonders schlechtging. Noch auffälliger erscheint Silvia, daß Agnes über wirtschaftliche und politische Verhältnisse zuweilen wider besseres Wissen und gegen jede Vernunft urteilt. Es kommt Silvia so vor, als sei Agnes bemüht, ihren ziellos gewordenen Widerstand und ihre deutliche Opposition irgendwo anders zu plazieren.

Seit der Wende, behauptet Reinhard, sei ihr Feindbild zerstört. Sie sei aber ein Mensch, der ohne seinen Teufel nicht existieren könne.

Viermal sind sie in den letzten zwölf Monaten zusammengetroffen. Erst bei den letzten beiden Begegnungen ist Silvia die Veränderung aufgefallen. Agnes widerspricht sich seit neuestem häufig. Hat sie eben noch beklagt, daß die westlichen Finanzspritzen die marode DDR-Wirtschaft am Leben erhalten und ihr und Gerts Leiden verantwortungslos verlängert hätten, behauptet sie im nächsten Atemzug, vieles sei früher einfacher, durchschaubarer und damit besser gewesen.

Einmal hat Silvia sanft angefragt, ob Agnes sich nicht vielleicht etwas einrede. Eine Antwort hat sie nicht erhalten, nur einen mißfälligen Blick. Seither läßt sie Agnes gewähren und hofft, daß es sich um einen vorübergehenden Zustand der Verwirrtheit handelt. Sie begreift ja, daß ein denkender Mensch für sein Tun und Lassen eine Rechtfertigung sucht. Jemand wie Agnes erträgt es nicht, jahrelang unter Druck zu stehen und sich, wenn der Druck endlich weicht, dem

1985

Vorwurf ausgesetzt zu sehen, einem Haufen kleinkarierter, böser Greise aufgesessen zu sein. Aber Silvia bezweifelt, daß Legendenbildung und Tatsachenverdrehungen diesen Konflikt lösen können.

Sich selbst fragt Silvia eindringlich, was ihre Freundschaft zu Agnes in der Vergangenheit ausgemacht hat. Sie ist sich ganz sicher: Das Gefühl eines inneren Gleichklangs war die Grundlage, von der aus alle Hilfe wie selbstverständlich geschah. Einem Menschen, dem man sich verbunden weiß, steht man bei. So einfach ist das. Sie hat sich zu keinem Zeitpunkt als Gönnerin gesehen, die huldvoll Gaben verteilt. Sie war die Freundin einer Frau, die ihre Zuneigung verdiente.

Verdiente? Tut sie es heute nicht mehr? Silvia ist nicht wohl bei dem Gedanken. Zweieinhalb Jahrzehnte der Verbundenheit bedeuten eine lange Wegstrecke, markiert durch gemeinsame Erinnerungen an Gedanken, die man ausgetauscht, Erlebnisse, die man zusammen gehabt, Freude und Sorgen, die man geteilt hat. Aber Silvia ist immer eine gute Beobachterin gewesen. Darum erkennt sie, daß ihre bisherigen Probleme in ihrer Beziehung zu Agnes Steglich fast ausschließlich äußerlicher Natur waren. Seit einem Jahr sind sie beseitigt, und diese Tatsache gehört für sie zu den großen Wundern. Doch jetzt haben sich Schwierigkeiten eingestellt, deren Ursache innen liegt. Noch sind sie gelegentlichen Mißtönen vergleichbar, die zwar stören, aber nicht verletzen. Was, wenn sie lauter werden?

Am nächsten Morgen fahren sie zu viert in die Mark Brandenburg. Die Laube war für Silvia bisher Synonym für ein Ziel, das ausnahmsweise nicht den Freunden, sondern ihr versperrt blieb. Das Tagesvisum galt für Ost-Berlin. Ein Überschreiten der Stadtgrenzen, und sei es nur für Stunden, war ausgeschlossen. Um die Laube zu besichtigen, hätte sie ein Visum für die Mark Brandenburg beantragen

1985

und dort übernachten müssen. Das kam zu DDR-Zeiten für sie nicht infrage.

Silvia wäre gern vor sechs Wochen zum Steglichschen Wald-grundstück gefahren, am 3. Oktober 1990, dem Tag, an dem die DDR der Bundesrepublik beitrat. Sie hätte darin eine symbolische Bedeutung gesehen. Doch zu dem Termin war Reinhard geschäftlich in Spanien, und ihre Idee ließ sich nicht verwirklichen. Den ersten Besuch in der Laube wollte sie unbedingt mit ihrem Mann zusammen unternehmen, jetzt, wo er endlich keine unerwünschte Person mehr war.

Sie fahren in Reinhards geräumigem Fahrzeug, obwohl auch die Steglichs seit kurzem nicht mehr notdürftig motorisiert sind, wie Gert es gern ausdrückte. Er hat seinen alten Wagen abgestoßen und einen gebrauchten Mercedes mit Dieselmotor angeschafft. Auf Pump, sagt er, wie sonst? Ich habe mir Reinhards Spruch hinter die Ohren geschrieben: Man muß mit der *Zeit* gehen, andernfalls kommt man zu nichts, weil man mit der Zeit *gehen* muß.

Mag sein, daß der Tiefsinn von mir stammt. Aber garantiert habe ich damit nicht ein auf Pump gekauftes Fahrzeug gemeint.

Anders komme ich in diesem Leben zu keinem Gefährt mehr, das die Bezeichnung Auto verdient. Vergiß nicht, daß ich schon ein alter Sack bin. Wie dem auch sei: Der Mercedes stand eine Nacht auf dem Laternenparkplatz, da hatten mir neidische Zeitgenossen schon den silbernen Stern geklaut.

Ich besorge dir einen neuen. Mein Schulfreund galvanisiert das Markenzeichen.

Fein. Beziehungen sind fast alles. Wer wüßte das besser als wir?

1985

Um zur Laube zu gelangen, befahren sie eine Landstraße, die seit Sommer ausgebaut wird. Die Fahrbahndecke ist bereits fertig. Zu beiden Seiten sind Rohre und Kabel verlegt worden, nun sollen dort Radwege und Bürgersteige entstehen.

Als sie die Chaussee verlassen, um die Abkürzung durch einen Kiefernwald zu nehmen, erzählt Gert: Vor einem Jahr machten wir jene denkwürdige erste Fahrt zu euch. Auf mehreren Schildern wurde eine schlechte Wegstrecke angekündigt. Nach einer Viertelstunde wollte Agnes wissen, wann die denn nun endlich komme. Wir hatten sie längst hinter uns. Was ihr als schlechte Wegstrecke bezeichnet, ist für Holperpistengewohnte wie uns eine traumhafte Fahrbahn.

Daß so rasch nach der Wende selbst auf dem platten Land die Straßen erneuert werden, ist für mich eine erstaunliche Leistung, findet Silvia, und die andern pflichten ihr bei. Ihr sollt man sehen, wie bald es keinen Unterschied mehr gibt. Weder auf den Straßen noch sonstwo.

Bei den Freßbuden haben wir euch schon überholt, behauptet Agnes. Wo vier Räder Platz haben, steht inzwischen ein Camping-wagen. Döner, Crêpes, Frühlingsrollen, Frankfurter, Nürnberger, Wiener Würstchen, Pommes frites, Eis.

Silvia zuckt die Achseln. Wem`s im Stehen schmeckt.

Reinhard ist auf Gerts Geheiß in einen Holzweg eingebogen. Un-gewöhnlich ernst sagt er: Mir kommt es vor, als wären die Ereignisse vierzig Jahre unter Verschluß gehalten worden, um plötzlich in weni-gen Monaten über uns ausgegossen zu werden. Ist euch eigentlich klar, was in einem Jahr alles passiert ist? Honecker wurde zum Rücktritt gezwungen, Krenz sein Nachfolger.

Ja, der Krenz. Er war mein Freund nicht, und sein Gebiß verfolgte einen bis in den Schlaf. Aber er hat in seiner Fernsehansprache das schöne Wort Wende geprägt.

1985

Er sei gelobt dafür, sagt Reinhard. Dann trat die Regierung Stoph zurück ...

... und einen Tag später das gesamte Politbüro, erinnert sich Agnes.

Gert fährt sich durchs ergraute Haar. Der November hatte es in sich. Am 13. wählten sie den letzten von der SED gestellten Ministerpräsidenten. Wißt ihr eigentlich, daß Hans Modrow ein Duzfreund von Kreml-Chef Gorbatschow war? Die beiden bewohnten 1952/53 ein Studienjahr lang dasselbe Zimmer an der Moskauer Konsomol-Hochschule.

Nein, das war mir nicht bekannt, sagt Reinhard. Aber was ich weiß, ist, daß Krenz und das Politbüro und das ZK im Advent zurücktraten.

Ich hab mich bei jeder Nachricht gekniffen, erinnert sich Agnes. Erst als am ersten Juli nur noch D-Mark in meinem Portemonnaie steckten, war ich ganz sicher, daß ich nicht träumte.

Gert reibt sich die Hände. Was für ein Jahr! Junge, du lebst in Freiheit! Das habe ich mir anfangs jeden Morgen beim Rasieren erzählt. Mein Alltag ist auf der ganzen Linie besser geworden.

Alles ist in Fluß geraten, während sich früher überhaupt nichts bewegte, stellt Agnes fest.

Gert nickt. Endlich hat der unwürdige Kampf um einen Telefonanschluß ein Ende. Herr, was hat man mitgemacht! Wir mußten unsere Kinder möglichst bei der Geburt auf entsprechende Anwartschaftslisten setzen lassen, dann bestand zumindest theoretisch die Aussicht, zwanzig Jahre später einen Berechtigungsschein für Telefon, Wohnung und Auto zu erhalten.

Was glaubt ihr, fragt Silvia, wie lange wird es dauern, bis die meisten hier vergessen haben, daß sie um so vieles kämpfen mußten?

1985

Nicht lange, schätzt Agnes. Der Mensch neigt dazu, schlechte Erlebnisse zu verdrängen und gute zu bewahren.

Reinhard, mein Freund, ich stelle nicht ganz ohne Neid fest, daß dein Auto noch besser gefedert ist als unser Prachtbenz. Es schwebt ja direkt über Baumwurzeln weg. Früher hieß die Parole, zumal bei Querfeldeinfahrt: Pobacken zusammenkneifen, Wirbelsäule warnen.

Agnes lacht auf. Ulf sagte manchmal vorm Losfahren: Besser mit schmerzendem Arsch an der Spree, als ohne Schmerzen in Sibirien.

Das nenn ich auf den Punkt gebracht, schmunzelt Reinhard.

Auf unsern Straßen begab man sich als Schwangere immer in die Gefahr einer Fehlgeburt. Ich hab vorsichtshalber manchmal auf einer zusammengeklappten Luftmatratze gethront. Aber dann stieß ich mit der Schädeldecke an. – Agnes schweigt eine Weile, wirft dann mit den Zeigefingern das Haar zurück und sagt in verändertem Ton: Trotzdem waren das gute, durabele Autos. Solche Lebensdauer hätte kein Westwagen gehabt, soviel steht fest.

Reinhard rückt den Spiegel zurecht und sucht Silvias Blick. Doch sie schaut aus dem Fenster.

Gert dreht sich grinsend um. An dem Satz hätten unsere Wirtschaftsexperten ihre helle Freude gehabt. Schade, daß er zu spät kommt. Übrigens: Ein russischer Geländewagen hätte es vielleicht mit unsern unverwüstlichen Plastebombern aufgenommen, liebe Agnes. Seine Lebensdauer soll bei drei Jahrzehnten liegen.

Sie verlassen den Wald und gelangen auf eine breite, sandige Straße mit altem Baumbestand. Hinter frischgestrichenen Staketenzäunen liegen kleine Gärten mit einstöckigen Häusern.

Silvia kurbelt trotz der feucht-kühlen Witterung das Fenster herunter. Jetzt kommt der spannende Moment. Ich bin aufgeregt wie ein

1985

Huhn. Wievielmal hab ich diesen Augenblick im Geist erlebt! Laßt mich raten, bittet sie. Das ist eure Laube. Sie weist auf ein Haus mit dunkelrot geklinkerter Fassade. Die Fugen leuchten in frischem Weiß. Der Schornstein ist neu gemauert. Neben dem Haus steht ein altes Badefaß aus Zink als Regentonne.

Das ist gemogelt, zieht Gert sie auf. Ihr wart schon einmal hier, um uns heute verblüffen zu können.

Erwischt! sagt Reinhard und parkt den Wagen unter einer hohen Fichte.

Du ahnungsloser Wessi. Hier willst du eine Luxus-Limousine abstellen? Gert steigt aus und öffnet kopfschüttelnd das Gartentor. Er klappt Reinhards Außenspiegel um und zeigt mit dem Daumen auf die Laube. Durchfahrt frei! Knapp, aber keineswegs unmöglich.

Freie Fahrt dem freien Bürger. Packen wir's.

Silvia hält den Atem an. Als sie sicher auf dem Gartenweg stehen, streichelt sie Reinhards Wange. Das hast du gut gemacht. Zwischen Auto und Zaun paßte keine Zeitung mehr.

Kein Blatt Papier, liebe Silvia. Ich freue mich jetzt schon darauf, das Gleiche später noch einmal rückwärts vorführen zu dürfen.

Agnes liebkost seine andere Wange. Du schaffst das schon, sagt sie. Ich weiß es.

Na, dann ...

Reinhard, du hast dich übrigens ausgezeichnet gehalten. Tust du irgend etwas für dein jugendliches Aussehen?

Dasselbe wie Churchill: No sports! Ausgenommen als Zuschauer.

Ach, könnt ihr denn nicht mal eine richtige Antwort geben, du und Gert? Immer zieht ihr alles ins Komische.

Entschuldige, liebe Agnes, aber mein Kinngrübchen ist mir angeboren, Körpergröße und dichtes Haupthaar verdanke ich ebenfalls

1985

meinen Genen, zum Überfressen fehlt mir die Zeit. Wenn dies zusammengenommen mich jung erscheinen läßt, soll es mich freuen, aber ich habe daran kein Verdienst. Ich gehe weder zum Masseur noch lege ich mich auf die Sonnenbank oder lasse mir Frischzellen spritzen. In Ordnung, sagt Gert. Das wollte meine Frau wissen. Sie merkt allmählich, daß sie mit einem alten Knacker verheiratet ist. Drum horcht sie sich um, ob es nicht auch für den irgendwo einen Jungbrunnen gibt.

Hab ich's nicht gesagt, Silvia? Die müssen alles ins Lächerliche ziehen, sonst sind sie nicht glücklich.

Seien wir es für sie mit. Ich bin jedenfalls glücklich, endlich euern Garten und das Haus zu sehen. Sogar im traurigen Monat November ist das hier eine Idylle. – Sie geht zu einem mit Buchsbaum eingefaßten Küchengärtchen, das rechts vom Weg bis an den Nachbarzaun reicht. Petersilie, Porree und Grünkohl hast du noch nicht geerntet?

Grünkohl braucht Frost, die andern vertragen ihn. Kommt rein in die Laube. Ich bin gespannt, ob sie euch gefällt.

Wie gemütlich! ruft Silvia aus und schlägt die Hände zusammen. Hübsch habt ihr's. Blau-weiß gepunktete Vorhänge, die Eckbankpolster ebenso bezogen, auch die Tischdecke -- wirklich, Agnes: schön!

Gerts Professor war auch schon da. Er sagt, die Stoffe sähen aus wie 'ne Lindeskaffeepackung.

Na und? meint Silvia. Es gibt doch mehr als eine bunte Kuh, hätten wir als Kinder geantwortet. Ich finde den gepunkteten Stoff passend und adrett. Mir gefällt alles. Die Holzvertäfelung und der Dielenboden und die Buchenholzmöbel sind wunderschön.

Das sind sie, stimmt Reinhard zu. Der richtige Ort zum Ausspannen und Wohlfühlen.

1985

Gert öffnet eine Tür. Hier schlafen Agnes und ich. Schlicht, aber ...

... ergreifend, hilft ihm Reinhard. Zwei Betten fürs müde Haupt, einen Schrank fürs Hemd. Mehr braucht der Mensch nicht.

Doch, widerspricht Agnes. Das findet ihr in unserm Geheimfach. Sie führt die Freunde dem Küchenherd gegenüber zu einem Sisalläufer, schiebt ihn beiseite und öffnet eine Falltür. Steigt mal die Leiter runter. Hier ist eine Taschenlampe.

Reinhard klettert zwei Meter abwärts. Gleich darauf sind von unten begeisterte Ausrufe zu vernehmen. Wein, Silvia, und Konserven für die nächsten zehn Jahre! Und Knäckebrot, Himbeersirup und Klopapier! Respekt, Respekt.

Passe ich da noch bei?

Wenn du die Luft anhältst. – Gert, reich mir einen Korkenzieher, dann hörst du in der nächsten Stunde keinen Laut von uns.

Nun ist Silvia auch unten. Eine Speisekammer im Kellerloch! Darauf muß erst einer kommen.Habt ihr die vorgefunden, oder war sie eure Idee?

Meine, antwortet Gert. Ulf und ich haben die Vorrats-, Kühl- und Schatzkammer im Sommer 76 angelegt. Fragt nicht, was ich angestellt habe, um sie gegen Grundwasser abzudichten.

Ich finde die Kammer genial! Reinhard steigt ein paar Sprossen hoch und steckt den Kopf durch die Luke. Freilich nur bei vertrauenswürdigen Menschen wie euch, schränkt er ein. Von manchen andern Leuten möcht ich nicht runtergeschickt werden.

Klappe zu, Affe tot. Silvia zieht Reinhard von der Leiter, damit sie wieder nach oben steigen kann. Er folgt ihr.

Der Kammer dort unten verdanke ich eine Erkenntnis, berichtet Agnes. Wenn man aus dem Großstadtlärm kommt, sucht man Ruhe. Als ich mal besonders ab war, stieg ich mit einer Luftmatratze runter und legte mich vors Regal in Erwartung völliger Stille. Die umgab mich zwar, aber was glaubt ihr, war in mir los? Erst rauschte es in den Ohren, dann erinnerten mich Laute an zerplatzende Schaumbläschen, wie sie bei Kochwäsche entstehen. Zwischendurch knisterte und fiepte es in meinem Kopf, und ich hörte mein Herz klopfen, als ticke jemand rhythmisch mit einem Wattestäbchen auf eine Trommel. Fazit: Die absolute Stille gibt es nicht.

Silvia fürchtet, dem unverbesserlichen Spötter Reinhard werde zu dieser Beschreibung der Kalauer einfallen, mit Stimmenhören habe weiland bei Jeanne d'Arc alles angefangen. Darum versichert sie schnell, ähnliche Erfahrungen wie Agnes gemacht zu haben. Sie sei allerdings davon ausgegangen, daß ihre beinahe ständigen Schmerzen an dem Lärm im Kopf schuld seien.

Unergründlich ist das Weib.

Den geistreichen Kommentar hat Gert abgegeben. Silvia registriert es erleichtert.

Agnes schaut durch die Scheibe nach draußen. Es nieselt zwar, aber wir würden euch doch gern die nächste Umgebung zeigen. Von Ulf und Uta sind dicke Socken und Gummistiefel in eurer Größe da. Wie wär's?

Gern, versichert Silvia. Am besten gleich. Es wird früh dunkel, und ich möchte mal das zahme Wildschwein tätscheln, von dem mir Traugott früher erzählt hat.

Wir hätten in Berlin zeitiger losfahren müssen, raunzt Gert. Aber ihr wolltet ja unbedingt im Westteil übernachten und mit dem Cousin frühstücken. Unsere Marmelade war euch nicht gut genug. Gebt's zu!

Ich bitte dich, Gert! Die Gründe haben wir doch nun wirklich ausführlich dargelegt.

Reinhard schüttelt seiner Frau die Hand. Gratuliere, sagt er. Du schaffst es doch immer wieder, auf Gerts gespieltes Motzen hereinzufallen.

Der lächelt zufrieden in sich hinein.

Agnes streicht der Freundin übers Haar. Ich hole die Stiefel. Dann besuchen wir das Wildschwein. Hier in der Nähe steht die Laube eines Berliner Klempners. Über seiner Tür hat er einen ausgestopften Wildschweinschädel zu hängen mit gewaltigen Hauern. Darunter ein Schild: Lieber im Walde bei einer wilden Sau als zuhause bei einer bösen Frau.

Und? fragt Reinhard. Respektiert die Seine den Wunsch und bleibt in Berlin?

Da ist sie ausgezogen. Gert soll weitererzählen. Ich bin im Schuppen.

Die Spenglermeistersgattin wohnt jetzt mit einem Schornsteinfeger das ganze Jahr über in der Laube neben uns. Ihre drei Kinder sind bei ihm geblieben.

Junge, Junge. Schicksale gibt es unter den Ex-Genossen!

Das magst du wohl sagen. Aber was willst du machen? Die Leute hatten sonst kein Vergnügen. Da verfielen sie aufs Saufen und Fremdgehen.

Mich deucht, bemerkt Reinhard, unter Freiheit verstehen nicht alle das gleiche.

Die Tür fliegt auf, und Agnes stürzt herein. Schnell, Gert, Herr Gaillard braucht deine Hilfe. Stalin hat sich die Pfote zerschnitten. Er verblutet. Ich habe Herrn Gaillard versprochen, daß du sofort kommst.

Gert denkt, Agnes lenkt. Aber ist das nicht wieder ulkig? Wenn man vom Teufel spricht ... Gaillard ist der gehörnte Klempner mit dem Stammtischreim. Bis später.

1985

Reinhard sieht Gert nach, der zunächst hinter dem Haus im Schuppen verschwindet und mit einer Tasche wieder herauskommt. Im Sturmschritt eilt er zum Gartentor. – Reinhard schließt die Laubentür. Agnes, wer ist Stalin, und wo kommt der Franzose her?

Herr Gaillard ist Deutscher. Ein Hugenotte.

Gaillard bedeutet loser Vogel, freut sich Reinhard.

Das wußte ich nicht, sagt Silvia. Ich hätte kühn und munter übersetzt.

Gaillard heißt auch Kastell. Aber wer ist nun Stalin?

Sein Schäferhund. Daß Gaillard ihn Stalin rief, hielten wir anfangs für einen rührenden Versuch, Mut zu beweisen. Als Handwerker in einem VEB und Ernährer dreier Kinder verfügte er zu DDR-Zeiten nicht über allzu viele Möglichkeiten. Aber dann hat Gert mal fürchterlich mit ihm gezecht. Nach dem x-ten Schnaps verriet Gaillard, er sei wegen des Hundenamens vorgeladen worden und habe wahrheitswidrig behauptet, der Rüde heiße Tallinn, das ist der estnische Name für Reval.

Reinhard rückt über der Eckbank einen Tierkalender gerade. Er kann keine schiefhängenden Bilder ertragen. Als Pensionär, hat er schon öfters angekündigt, werde er sich in Gaststätten, Krankenhäusern und öffentlichen Gebäuden entsprechend betätigen. – Also kein Held, der Monsieur, sagt er schließlich. Mir steht darüber kein Urteil zu. Ich war nie in der Situation, ohne Netz und doppelten Boden übers Seil zu müssen.

Silvia massiert ihre Nasenwurzel. Damit lassen sich die Kopfschmerzen wenigstens vorübergehend etwas mildern.

Und du? fragt Agnes die Freundin. Was hältst du davon?

Ich schließe mich meinem Vorredner an.

Vollinhaltlich? hakt Reinhard zum Spaß nach.

In diesem Falle ja.

So ist das, sagt Agnes. In unwichtigen Fragen stimmt man überein, wenn man so lange zusammenlebt. Aber da, wo's um das Wesentliche geht, sind die Meinungen meilenweit auseinander.

Sprichst du allgemein oder von dir und Gert? möchte Reinhard wissen.

Was wäre, wenn ich von allen spräche?

Dann läge der Schluß nahe, daß die Geschlechter äußerlich wie innerlich hoffnungslos verschieden beschaffen sind. Man müßte fragen, warum die Verbindung zwischen Frau und Mann trotzdem Jahrtausende überdauert hat.

Weil der Fortpflanzungstrieb stärker ist als die Erfahrung der Unvereinbarkeit unserer Ansichten.

Reinhard lächelt nachsichtig. Einigen wir uns darauf, daß die Meinungen vieler, aber nicht aller Partner weit auseinandergehen.

Ich beharre auf allen.

Mit welcher Konsequenz?

Mit keiner. Wenn man die Erkenntnis gewonnen hat, ist es für Konsequenzen längst zu spät. Agnes bricht plötzlich in lautes Lachen aus. Ich kann mir lebhaft vorstellen, was du jetzt denkst, Reinhard.

Er legt die Hand hinters Ohr. Laß mich meine Gedanken hören.

Ein andermal. Was ist nun? Wollen wir ohne Gert noch eine Runde drehen?

Ich bin dafür, sagt Silvia.

Dann geht mal. Ich warte auf Gert.

Warum?

Liebe Agnes, teils dieserhalb, teils außerdem.

Die Antwort mußte ja kommen. In Ordnung, lieber Reinhard, wir sind in ungefähr einer Stunde zurück. Wenn du pullern mußt ...

1985

... schlag ich mich in die Büsche.

Falsch. Agnes hebt einen schwarzverchromten Schlüssel hoch, der an eine Kirchenpforte passen könnte. Dann gibst du unserm Herzchen die Ehre.

Zu Befehl, gnädige Frau. Man muß alles mal mitgemacht haben.

Zum Glück sind um diese Jahreszeit die Fliegen außer Haus.

Dafür ziehen sich die Ratten im Herbst hinein.

Hört auf mit der Fopperei, sonst kommen wir gar nicht mehr weg, schilt Silvia.

Als sie nach einer Stunde den Rückweg antreten, beginnt es zu dämmern. Die gelbgrün bemoosten Baumstümpfe leuchten vom Wegrand, als enthielten sie Phosphor. Es riecht nach Schnee, sagt Silvia und bindet ihren Schal fester.

Agnes nickt. Und kurz bevor es anfängen zu schneien, wird es für ein paar Augenblicke ganz still. Ist dir das auch schon mal aufgefallen?

Auf dem Lande ja. In der Stadt wird der Lärm von keiner Stille geschluckt. Auch nicht für einen Moment.

Agnes reibt ihre Hände aneinander. Mal sehen, ob wir im Gasthaus Steglich einen Kaffee kriegen.

Wenn dein Mann ihn kocht. Meiner kann's nicht.

Das darf nicht wahr sein.

Ist es aber. Reinhard kann weder Spiegeleier braten noch Kaffee kochen. Tätigkeiten im Haushalt hat er immer verabscheut.

Und wenn du nicht zu Hause bist?

Na, er verhungert nicht. Wenn ich kurz weg bin, findet er im Kühlschrank zu futtern und in der Wärmekanne heißen Kaffee. Bin ich länger fort, geht er zum Essen aus. Seinen Kaffee trinkt er dann bei

Tchibo oder Eduscho, weil er da angeblich besser schmeckt als in jedem Lokal und in den meisten Cafés.

Einen feinen Gaumen hat der Herr! Daß er ein Altruist wäre, kann man wohl nicht gerade behaupten, wie?

Ich habe niemals einen von meinem Mann gedeckten Tisch vorgefunden, wenn ich heimkam oder krank war. Robert und Claudius habe ich bewußt anders erzogen. Die packen unaufgefordert überall mit an.

Gert hat das früher auch getan. Aber seit die Familie so klein ist, braucht er mir nicht mehr zu helfen.

Ein Fauchen läßt Silvia aufhorchen. Was war das für ein Geräusch?

Ein Pferd hat geschnaubt.

Tatsächlich. In der Kurve tauchen Pferd und Reiter auf. Silvia geht ein paar Schritte zur Seite.

Agnes bleibt auf dem Waldweg, so daß die junge Reiterin ausweichen muß. Sie tut es hochnäsig und wirkt ausgesprochen unfreundlich.

Muffiger Kavallerist! schimpft Silvia hinter ihr her, als sie außer Hörweite ist. Bei uns sind Reiter, und zwar Männlein wie Weiblein, ausnehmend freundliche Menschen, wenn sie einem in Parks oder Wäldern begegnen.

Die Amazone mit dem gutgepolsterten Hinterteil hatte Grund, es nicht zu sein. – Agnes sagt es mit einem Unterton, der Silvia keine weitere Frage ratsam erscheinen läßt. Doch zu ihrem Erstaunen liefert Agnes die Erklärung ganz von selbst. – Die stramme Dame war vor fünf Jahren schwanger von meinem Mann, sagt sie und schneuzt sich ausgiebig.

1985

Silvia bleibt stehen und sieht die Freundin fassungslos an, deren Gesicht allmählich hinter dem Taschentuch hervorkommt. Du meinst, sie ist ein bißchen ... Silvia kurbelt mit der Faust vor ihrer Stirn. Sie bildet sich ein, daß ... Himmel nochmal, Wunschdenken eben ...

Weil nicht sein kann, was nicht sein darf? Jaja, meine liebe Silvia, da fehlen sogar dir die Worte, nicht wahr?

Silvia versucht, die Gedanken zu ordnen. Hinter ihrer Stirn muß es ähnlich aussehen, wie wenn jemand in einen Haufen Bettfedern gepustet hätte. Ihr fällt Gerts Bemerkung von vorhin ein, im Zusammenhang mit den Laubennachbarn: Die Bevölkerung habe sich mangels anderer Vergnügen aufs Saufen und Fremdgehen verlegt. Sie fragt sich, ob ihm die Erklärung für das eigene Verhalten nicht doch ein wenig zu billig erscheinen müsse. Fünf Jahre liegt der Fehltritt zurück. Silvia rechnet. 1985 wurde Agnes fünfzig und bestand völlig gegen ihre sonstige Art auf einer großen Feier in der Laube. Nachträglich wird ihr manches klar.

Gert hat das Mädchen aufwachsen sehen. – Agnes' Stimme klingt heiser. Sie räuspert sich ein paarmal. – Der Vater arbeitete schon als wir die Laube übernahmen auf einem Genossenschaftshof als Verwalter. Er holte Gert manchmal, wenn mit den beiden Pferden und Hunden, die er privat hielt, etwas nicht stimmte. Dem zuständigen Veterinär vertraute er nur das volkseigene Vieh an. Seine einzige Tochter war schon als Kind eine Pferdenärrin. Und wie das Leben so spielt: Sie hat unsern beiden Jüngsten das Reiten beigebracht. Seit der Wende betreibt sie übrigens einen Ponyhof.

Agnes, um Gottes willen, wie hast du es erfahren? Und wie bist du damit fertiggeworden?

Fertiggeworden bin ich damit nie. Aber ich habe mich damit abgefunden, betrogen worden zu sein. Gert hat viel für mich getan. Ich

sage nur: Zuchthaus. Darum mußte ich ihm den Seitensprung verzeihen. Vielleicht sollte ich hinzufügen: Den, von dem ich weiß.

Du meinst, er hat noch andere Verhältnisse gehabt?

Bevor ich von diesem erfuhr, hätte ich für seine Treue meine Hand
ins Feuer gelegt. Heute erscheint mir nichts mehr ausgeschlossen.
Erfahren habe ich von seiner Großtat durch die Göre. Kurz vor meinem
fünfzigsten Geburtstag bekam ich einen Brief. Sie erwarte ein Baby
von Gert, ich solle den Weg freimachen für ein junges, gesundes
Glück.

Junges, gesundes Glück? Das hat sie im Ernst geschrieben?

Wörtlich. Dann stürzte sie vom Pferd und verlor das Kind.

Und Gert? Was sagte er, als du ihn auf den Brief ansprachst?

Er reagierte mit beißendem Spott. Wenn gerade kein Besuch in der
Nähe ist, auf den er gewisse Rücksichten zu nehmen hat, ist sein
Vokabular derb, eben das eines Viehdoktors. Deckhengste und Be-
schäler kommen darin ebenso regelmäßig vor wie Zuchtstuten und
rassige Füllen.

Als du ihn mit dem Brief seiner ...

... Zuchtstute, schlägt Agnes vor, und beide brechen in erlöstes
Lachen aus.

... drallen Freundin konfrontiertest, wußte er nicht, daß sie das Kind
verlieren würde. Hast du ihn damals gefragt, ob er sie heiraten will?
Ob er ihr die Ehe versprochen hat, habe ich von ihm wissen wollen.
Eine klare Antwort ist er mir schuldig geblieben. Er regele das, hat er
gesagt, und ich solle mein Wissen möglichst für mich behalten.

Eure Kinder haben nichts davon erfahren?

Von mir nicht.

Was hat sich zwischen dir und Gert geändert seit dem Brief?

1985

Innerlich fast alles, äußerlich nichts. Das Vertrauen ist zerstört und kann durch nichts je wieder aufgebaut werden. Äußerlich leben wir miteinander, als wäre nichts geschehen. Das ist das, was ich ihm schuldig bin und was eine Frau wie ich auch leisten kann, ohne sich zu verachten.

Du mußt damals sehr gelitten haben.

Mein Grundgefühl war das der kompletten Ohnmacht.

Wieso ist mir das entgangen? Ich hätte dir ansehen müssen, daß du dich quälst. Kurz vor deinem Geburtstag war ich doch bei dir.

Wir haben unsere Freundschaft nie durch längere Gespräche unter vier Augen vertiefen können. Wärst du doch nur mal für ein paar Tage in die Laube gekommen! Hier hätten wir Zeit zum Reden gefunden. Was damals in mir vorging, ließ sich nicht zwischen Haustür und Straßenbahn bereden.

Es tut mir so leid, Agnes! Bitte verzeih mir. Du hast recht, ich hätte dir helfen müssen.

Das habe ich nicht gesagt.

Aber gedacht. – Silvia schleicht mit gesenktem Kopf vor sich hin. Sie ist bislang davon ausgegangen, genau zu wissen, wo Agnes ihre Hilfe gerade am dringensten braucht. Ihr Wissen war Stückwerk. Erbärmlich, sagt sie. Ich komme mir erbärmlich vor.

Ach, Silvia. Du hast getan, was du konntest.

Das war zuwenig.

Sprechen wir nicht mehr davon. Ich teile mein Schicksal mit Abermillionen betrogener Ehepartner. Bei den Gaillards war die Frau diejenige, welche.

Wenn ich an Krebs sterbe, tröstet es mich nicht, daß außer mir noch andere das gleiche Ende nehmen.

1985

Vielleicht tröstet es nicht, aber es bewahrt davor, mich als die einzig Leidende anzusehen und zu bejammern. Ich bin nicht auserlesen, sondern nur eine von vielen. Das rückt mein Weltbild gerade.

Im Sinne von: Was liegt an dir?

Agnes denkt kurz nach. Die Frage habe ich mir schon gestellt. Es ging ja in der Tat irgendwie auch ohne mich – – als ich eingesperrt war, wenn ich im Krankenhaus lag ...

Wie du richtig sagst: irgendwie. Dieses Irgendwie konnte dich nicht ersetzen.

Früher hätte ich dir zugestimmt. Heute bin ich mir nicht mehr sicher. Ich habe meine Pflichten viel zu ernst genommen. Was wäre denn gewesen, wenn ich das Essen nicht pünktlich auf dem Tisch gehabt und dafür gesorgt hätte, daß Gert und die Kinder immer saubere Wäsche vorfanden und rechtzeitig zu ihren Terminen kamen? Die Welt wäre davon nicht untergegangen.

Aber du. Und ich genauso. Wenn wir eine Aufgabe übernehmen, dann hängen wir die Meßlatte hoch. Bestmöglich. Darunter tun wir's nicht.

Allem hehren Anspruch zum Hohn habe ich es nie auch nur in die Nähe der Perfektion gebracht. An ihren Früchten sollt ihr sie erkennen, heißt es. Na, die Früchte meiner Bemühungen sind wurmstichig. Vor Jahren habe ich dir meine Bilanz offengelegt. Sie fiel vernichtend aus. Um die Bankrotterklärung kann ich mich nicht ewig herumdrücken.

Die Geschichte mit dem Brief liegt fünf Jahre zurück, Agnes. Was ist denn bloß neuerdings hinzugekommen, das dich so aufrührt?

Ich weiß es nicht. In mir herrscht Konfusion.

Aber warum? Seit der Wende hat sich deine persönliche Lage grundlegend verbessert. Nichts bremst dich mehr. Du bist frei. Familie

1985

und Haushalt lassen dir mehr Zeit. Du könntest endlich Dinge tun, die dir Freude machen. Reisen zum Beispiel.

Wovon denn? Gert verdient weniger als ein Müllkutscher im Westen. Und wenn er etwas hat, hab ich davon noch nichts. Das ist auch so eine Sache, die mich zermürbt. Man entscheidet sich für den Beruf der Hausfrau und Mutter und verzichtet damit freiwillig auf eigenes Geld. Nachdem man zig Dienstjahre lang seine Schuldigkeit getan hat, erkennt man eines Tages, daß man mit nichts dasteht. Ich empfinde meine Abhängigkeit als unwürdig.

Hast du dir nicht immer gewünscht, auf die Akademie zu gehen? Ein Kunststudium wäre jetzt doch möglich. Du könntest versuchen, ein Stipendium zu bekommen.

In meinem Alter? Ich war schon auf der Entbindungsstation eine Witzfigur.

Das bildest du dir ein.

Nein, ich weiß es.

Dann mach etwas aus deiner Begabung, Scherenschnitte herzu-stellen. Deine können es mit denen des Schriftstellers Varnhagen von Ense aufnehmen. Ich habe früher schon einmal darüber nachgedacht. Varnhagens Scherenschnitte galten zu seiner Zeit als Kunstwerke. Zufällig ist er genau hundertfünfzig Jahre vor dir geboren. Die Tatsache könntest du als Werbung nutzen für deine eindrucksvollen Arbeiten auf dem gleichen Gebiet.

Utopia. Laß es gut sein. Ich muß mit dem Gedanken leben, allenthalben versagt zu haben. An Dorotheas Abstieg bin ich schuld. Zwei andere meiner Kinder werfen mir vor, ich hätte ihnen durch das strenge Festhalten an Grundsätzen sowohl die ihnen gebührende Ausbildung als auch eine politische Heimat verweigert.

Wer von ihnen behauptet das?

1985

Agnes überhört die Frage. Den Kindern entfremdet, die Ehe eine Farce, im Glauben erschüttert. Seit der Wende hadere ich sogar mit Gott und seinen Geboten. Ich sehe mich zur Feindesliebe außerstande. Die willigen Helfer der abgewirtschafteten Einheitspartei sehen ihre Felle wegschwimmen und fürchten, es könnte ihnen nun widerfahren, was sie andern angetan haben. Ich bringe es nicht fertig, diesem niederen Pack, das jetzt plötzlich mit einer vor Falschheit triefenden Freundlichkeit vor mir steht, die Hand zur Versöhnung zu reichen. Die Priesnitz streckt mir im Flur ihre dreckige Flosse hin und schleimt: Nüscht für unjut. – Agnes schluchzt auf.

Silvia nimmt die Freundin in den Arm und läßt sie weinen. Es ist gut, daß Agnes sie ins Vertrauen gezogen hat. Sie ist fest entschlossen, es nicht zu mißbrauchen. Nicht einmal Reinhard wird von ihr erfahren, was sie weiß.

Agnes macht sich aus der Umarmung frei und wischt sich die Tränen ab. Wundere dich nicht, sagt sie, wenn es den Mohren, der seine Schuldigkeit getan hat, bald nicht mehr gibt.

Nicht doch! sagt Silvia energisch und verständnisvoll zugleich. Du bist keine von denen, die ihre Umgebung mit Selbstmorddrohungen unter Druck setzen. Deine Lage ist nicht einfach, aber auch nicht hoffnungslos. Du magst noch so sehr mit ihm dort oben hadern, trotzdem bleibt die Verheißung, daß er Wege finden wird, da dein Fuß gehen kann.

Ich wollte, ich könnte es noch glauben.

★

Berlin, Silvester 1990

Meine liebe Silvia,

1985

ein Vierteljahrhundert ist seit unserer ersten Begegnung vergangen. In dieser langen Zeitspanne haben äußere Umstände dafür gesorgt, daß unsere Beziehung Schlagseite bekam. Du gabst, ich nahm. Das Wissen um abgehörte Gespräche und geöffnete Post tat ein übriges. Eine Freundschaft auf gleicher Ebene hättest Du eher zu einer Amerikanerin aufbauen können als zu einer Deutschen im andern Teil des Landes. Heute geht ein Jahr zu Ende, das uns zumindest theoretisch in den Stand versetzt hat, irgendwann aus der Schräglage herauszukommen. Aber geht das praktisch überhaupt noch? Es ist mir ein Bedürfnis, Dir an der Schwelle zum neuen Jahr zu sagen, daß ich Angst um unsere Freundschaft habe. Ich frage mich nämlich, ob etwa unsere Notgemein-schaft ihre Substanz ausgemacht hat, so daß sie demnächst zu einem Ritual verkümmern wird. Du hast unbeschreiblich (darum versuche ich es gar nicht erst) viel für uns getan. Deine Treue gehört zu den be-glückendsten Erfahrungen meines Lebens. Die Fairneß gebietet mir, Dir die Entscheidung über den Fortbestand unserer freundschaftlichen Beziehung zu überlassen. Ich möchte nicht, daß Du Dich mir weiterhin verpflichtet fühlst, wo Du unserer Familie gegenüber keine dringenden Aufgaben mehr zu erfüllen hast. Ich hoffe inständig, Du verstehst, wie meine Worte gemeint sind. – Ich verbringe Silvester allein mit Gabriele. Gert hat sich zum Dienst einteilen lassen. Die Kleine ist unterwegs in die Klinik, um ihm Pfannkuchen zu bringen, die bei uns zum 31. Dezember gehören und bei Euch komischerweise Berliner Ballen heißen. – Dorothea war mit dem Kind zwei Tage hier. Ich hatte Schwierigkeiten, sie als meine Tochter wiederzuerkennen. Was sie redet, wie sie sich kleidet, womit sie sich beschäftigt, alles ist mir so traurig fremd. Sie will ihren Mann verlassen und spielt mit dem Gedanken, fürs erste in der Laube zu wohnen. – Ulf hat uns zur Hochzeit eingeladen. Du kennst seine Auserwählte. Es ist Antje, eines der beiden Hamburger Mädchen, die mir

1985

das Geburtstagsständchen brachten. Sie kommt aus einem guten Stall, um Gerts Diktion zu gebrauchen. Mögen die beiden glücklich werden. Wer sich die Musik erkiest, hat bekanntlich ein himmlisch Gut gewonnen. Bei der Ehe mit Felizitas war die gemeinsame Liebe zur Musik leider kein Garant für die Langlebigkeit ihrer Verbindung.

Die Zukunft unserer Freundschaft lege ich in Deine Hände. Ich weiß, Du wirst richtig entscheiden. Immer

Deine Agnes

Zeitfracht Medien GmbH
Ferdinand-Jühlke-Straße 7
99095 Erfurt, Deutschland
produktsicherheit@kolibri360.de